髑髏銭《どくろせん》

下巻

角田喜久雄

目次

髑髏銭《どくろせん》（下）

金銭開基勝宝

人のわめき声を聞いて立ち止まった瞬間、道をあちらからこちらへ向けて真一文字に飛んでくる黒いものが目にはいった。夕暮れで、空にはまだ一面に赤い夕焼けの色が残っているが、道には既に軒の影が濃くおちていて、その間を縫いながら矢のように飛んでくる黒いものの正体は、さすがに目のいいのを誇っている米五郎にさえ、しかとは見定めがつかなかった。

あっという暇もない速さで近寄ってきたそれは、そこに道をふさいでいる人間の姿を認めると、一瞬がくっと横へそれて、はじめて燃え残った夕日の中へ、その全身をさらしたのである。

「あっ！　猫だ！」

思わず米五郎の声が突っ走った。

お兼の……と言おうとして、その声がのどにひっかかってしまう。

耳の先から尾の先まで漆をぬりつぶしたように黒い。お小夜のあとを追ったころから見ると、比べようもなくやせほうけて、目だけがいっそうすさまじく金色に輝いている。奇妙なことに、その口にしっかとくわえているものが！

犬がけたたましくほえている。人がわめきながら駆けてくる。猫は追いつめられた野獣に特有な狡猾な態度で前後をじろりっとながめてから、突然さっと塀へとび上がっていた。

とたん、その口にくわえていたものが二つにちぎれて、米五郎の足もとへバサッと音をたてて落ちてきた。

（なんだろう）

米五郎は目を据えて無気味そうにのぞきこんだ。いかにも奇妙な形のものである。赤黒い、なにか肉のかたまりのようでもあるが、その一部に長い人間の髪の毛らしいものがひとつかみほどはえている。いわば、ほおからこめかみにかけての肉をはぎ取ったというような――それに、むかむかっと胸のむかつきそうな悪臭……

「しっ！　しっ！」

犬がそれをくわえにかかろうとするのを、駆けつけた男が手をふってしかった。そのころには、猫はもう町屋の大屋根を渡って、風のように姿をくらましてしまっていた。

「こりゃあいったい、どうしたしろものなんですえ？」

と、米五郎が眉をしかめて尋ねる。

「なにね、あのどろぼう猫め、盗むにことをかいて……この先に、不幸のあった家があるんですよ。そこの、仏のほっぺたの肉をかみとっていきゃがって……ご時世がら、うかつにたたけもすまいと思って、いいかげんにしときゃあ、すぐあたしゃあがって……」

「畜生、仏の肉をかみ切っていくなんて、いよいよもって化け猫だ。それにしても、ありゃたしかにお兼の飼い猫だぜ。どこをうろうろしてやがんだろう。薄気味のわるい……」

米五郎が首をすくめて歩きだそうとしたときである。

「おい、あにい……」

と呼びかけられて、すねに傷持つ身だけに、すぐひやりとなる。ふりむくなり、

「あっ！」

ぎょうてんして逃げだそうとする肩先に、したたか十手の一撃をくらって、つんのめりそうによろめいた。

「河内屋の……」

「おう、その庄助だ。まずいつらで申しわけねえが……なあに、お手間はとらせねえ」

番屋の中は既にもう薄暗かった。ことに窓あかりを背にしょって河内屋庄助の姿は、のしかかるように肩を張って黒いのである。

「あにい。うじうじするがらでもあるめえ。掛けなってことよ」

薄暗がりの中で、銀の十手がぎらっと光る。

「幾度言わせるんだ。立ってちゃあ話にならねえ。掛けなよ。掛けろッ！」

米五郎もまるで、猫の前へ出た鼠《ねずみ》のありさまである。

「世間は広いようでせめえとは、よく言ったもんだ。また会ったじゃあねえか。よく会う」

「………」

「おい。なにをそうおれのつらばっかり見てうじうじしているんだ？　ははあ、こいつが光ってまぶしいのか？　じゃあしまおう……」

　と、十手を腰へさす。声もたてずににやりと笑った気配に、米五郎はいよいよからだを堅くするばかりであった。

「あの節はえれえごやっかいになったのう。物置き小屋のぬかみそだるの間へほうりこまれたまま、かれこれ二、三刻《とき》。おかげで、いまだにぬかみそのにおいがしみこんでやがる」

「だんな。ありゃああっしのせいじゃねえんでして……そもそも、銅座のがあんなまねをやらかして、それを……」

「やかましいやッ！」

「………」

「と、大きな声は出しても、おれは別におこってるわけじゃねえぜ。ははは……まあ、茶でも飲みながら話すとしよう」

　ほんとうに飲むつもりと見える。庄助は、灯のはいったあんどんを持ってきた番太に、ふたりぶんの茶を言いつけた。

「ところでと……その後、お銀にあの浪人者はどうなった？　まず、それが訊《き》きてえのだ。断っておくが、おれに手数をかけさせてくれるなよ。なにも、この腰の十手はてめえのわきっ腹をえぐったり、むこうずねをこじ上げたりするために差してるわけじゃねえんだから……」

「へ……」

「てめえも少しはつらの売れた男だろう。これ以上、くどいことは言わねえつもりだ」

「だんな……いまさらじたばたしたってどうにもならねえ。皆申し上げてしまいます。実を言やあ、なにがなにやら、このあっしにもかいもくなりゆきがわからねえんでして……」

はらをきめた米五郎は、あれ以来の一部始終をすらすらと語って聞かせた。

「……さあ、わからねえのはあねごのやり口でさあ。その晩、とんでもねえころになって、まるで酒に酔っぱらったように、ふらふらやってきたんでさ。神奈さんはどうしてるかってひと言訊いたきり、中へもはいらねえでまたどこかへ行っちまいなすってね。あんなにほれた男を置きっぱなしで、それ以来一度だって帰っちゃこねえんですよ。そのくせ、病人の口に合いそうな食い物だとか、ときにゃあ肌着みてえなもんまで、ときどき金子《きんす》を添えちゃあ送ってくるんでさ。それがいったい、どこから送ってくるのか、かいもくわからねえ。どこにいるんだかわからねえが、ときどきそうした物を送ってくるんですぜ。あねごという女もずいぶん気まぐれな女だとは思っていたが、今度という今度は、まるで気が違ったとしか思えませんでね」

「てめえの話がそっくりほんとうとすりゃあ、なるほど妙だ。だが、まあそりゃいい。それで、その神奈とかいう浪人者はどうなったんだ？」

「病気も傷もだいぶよくなりましてね。もうそろそろ外出歩きもいいだろうって医者に言われたのがおとといのこと。すると、きのうの朝でさあ。あっしが目をさますと神奈さんの寝床がもぬけのから……あっしにって短刀一本に礼の書き置きが一通残ってましたっけ……もう、それっきり……いいや、いまさらうそなんぞつくもんですかね！」

「うそかほんとうか、洗ってみりゃすぐわかるだろう。さて、そこで……」

庄助は、ふと口をつぐんで窓の外へ目をやった。とっぷり暮れた路地先を、番屋のほかげをあびながら見すぼらしい托鉢僧《たくはつそう》がひとり笠をかたむけて通りすぎていくところであった。

（なんだ、こじき坊主か……）

と、深くも気にとめなかったのは、河内屋の庄助としては少しうかつにすぎた。

その托鉢僧は、先刻猫の姿に驚いて米五郎が立ちどまったときから、ずっとふたりのあとをつけてきて、今の今まで窓の外に立って内の話を盗み聞きしていた疑いがある。今、立ち去るごとく見せて、突然軒下の闇へ姿をかくした様子も疑わしい。いや、さらに深い注意を払っていたとしたら、その托鉢僧がけさからあの黒猫の出没するあたりを根気よく徘徊《はいかい》していたことに気がついたであろう。

しかし、庄助も、もとより米五郎も、その僧を深くは気にもとめなかった。

「ところでと……てめえをはじめて見かけたなあ、じめじめつゆの降りしきる日だったなあ。凌雲寺の墓地で……そこには女芸人お兼の新墓があったんだ」

庄助がそんなふうに話し出す。

「てめえは、お兼の墓のまわりをうろついている二匹の黒猫をねらっていた。あの利口な鋭い猫が、どうして人間の手につかまるか……と少し笑止な気持ちで見ていると、たちまちその一匹をたぐりよせて……とたんに、てめえはおれというものに気がついたんだな。雨の中を逃げていったろう。あの勝負は、みごとおれの負けだったよ。その死んだほうのやつがどうなったか……さっきのてめえの話では、その浪人者がうぬの住まいの庭とやらに埋めたとお銀に話したんだな？　してみりゃあ、お銀がとうに掘り起こしてしまったこったろう。で、話は、残りのつまり生きている一匹のことになる」

「へい？」

「見たろう、さっき？」

「へ、へい……」

「行こう」

「どこへ、でござんす？」

「黙ってついてこい」

と、庄助がのっそり立ち上がる。

「いったい、あっしは……」

「猫つりはてめえの本職だろう？」

「あ！　するてえと、あの黒猫を？」

「うまくしとげりゃあ、てめえのこれまでのことは帳消しにしてやろう」

「で、でも、あの猫ばっかりは、だんな……ほんとうに、あっしの手におえねえんで……」

「なんだと？」

庄助は立ちどまってじろりと見かえす。米五郎の鼻先へ、ゆっくりと十手を引き抜いて、

「ほう！　外はおぼろ月夜か。しゃれてやがる」

浅草観世音の境内は、日がかげるといっしょに、昼間のにぎやかさを忘れたようにがたっと静まりかえってしまう。お堂の屋根も銀杏《いちょう》の木もほんのりかすんで、春先のようなおぼろ月夜。銀杏の巨木にうっそうと取りかこまれた五重塔の下陰は、虫の音をかすかに含んで、ことのほか暗かった。

と、その暗さの中を、足音を忍ばせて横切った人影があった。河内屋庄助と、米五郎である。

奇妙なことに、番屋からさげてきたものであろう、火のはいった莨盆《たばこぼん》が、米五郎の手にかかえられていた。

五重塔の真下まで来ると、米五郎はその莨盆を地上へおいた。そして、ふところをもぞもぞ探っていたとおもうと、胴巻きの中から皮製の莨入れのようなものを取り出した。常々、この男がふところから離したことのないしろものである。その中にはいって

いる粉末ようなものを、米五郎はだいじそうに指でつまみ取って、莨盆の火の上へ静かに落とした。

暗くて煙は見えぬが、一種異様な薫香が、水に溶ける絵の具のように、ゆらゆらと漂いだして、やがて四方へ、それから上へとほのかに立ちのぼっていく。

「またたびか?」

と、庄助の声がささやいた。

「ご冗談でしょう」

米五郎が鼻で笑う。かれの態度には、さっき番屋でいためつけられていたときの卑屈な様子はみじんもない。この仕事に関するかぎり、しろうとは黙っていてもらいましょう——そう言わぬばかりに、自信に満ち満ちていた。

「そりゃあ、またたびも使ってありまさあ。しかし、秘伝のまぜ物があるんですぜ。あっしの仲間で、この薬を『姫呼び』と呼んでいますが、なまのまたたびを使うのは、しろうとか駆けだしときまってまさあ」

「ところで、これからどうするんだ?」

「まあ、お待ちなせえ」

米五郎は庄助をおさえるようにして耳をすませていたが、

「そら、鳴いた……」

「猫がか？」

「だんなの耳にははいりますめえが、たしかに猫です。だんなのおっしゃるとおり、あの烏猫《からすねこ》はこの五重塔に巣くってるんですぜ。しかし、ずっとてっぺんのほうだ……」

そのまま口をつぐみじっと息を殺している。

異様な薫香は、風のない空気の中を、糸のように縷々と立ちのぼっていく。やがて、

「どうもいけねえ」

「なにが？」

「この『姫呼び』にかかってのがれる猫はねえはずなんですが、うまく下へおりかけてきたやつがどうしたことか途中で不意にとまってしまって、それっきり動く様子がねえんです」

米五郎は緊張してじっと暗い五重塔を仰いでいる。庄助の威嚇にあって、しかたなしにやりかけた仕事であるが、やりかけてみると、もうわれを忘れて興奮してくる。

「おかしい……」

と、つぶやいて、

「よし、五重塔へ登ってみよう……すぐにらちがあくか。それとも半刻《はんとき》一刻もかかるか、ことによると一晩かかるか、根気仕事でさあ。とにかく、だんな、そこをこんりんざい動いてくだすっちゃ困りますぜ」

米五郎がきつい声で念をおした。

「ちょっとでも音をたててくだすったら、もうみんな水のあわだ。ようござんすか。猫ってやつはめっぽうかんが鋭いんだから」

「猫つりのあにい。仰せかしこんで動くまいよ。そのかわり、おれの目のとどかねえところへ上ったのをさいわいに、妙なそぶりでもしてみろ。今度こそお慈悲はねえぞ。いいか！」

「よしとくんなせえ。やっと仕事へ脂がのってきたところだ。そんなことを聞くと気が散りまさあ。あっしの頭にゃあ猫のことしかねえんでさあ」

蓖盆の火からはまだ薫香が立ちのぼっている。米五郎はそれを見定めてから、庄助の手にある鳥かごのようなものを受けとった。やっと鶯《うぐいす》かごくらいの大きさだが、太い竹でひどくがんじょうそうに組んである。

　それを肩へひっかつぐようにして、五重塔に添ってうっそうと枝の茂っている一本の銀杏の木へひらりと取りついた。

　みるみる幹をよじ登っていったとおもうと、やがて、横につき出している一本の太い枝を渡って、いまにも折れそうにしなっているその先端から、軽く塔の屋根へ飛び移った。ちょうど三重の屋根にあたっている。地上の庄助からは、その姿はもうまるで見えない。米五郎は屋根へ移った瞬間、身を伏せて息を殺した。かれの嗅覚《きゅうかく》には『姫呼び』の薫香が塔を取りまいてかすみのように漂っているのがよくわかる。

（いる……たしかにいる。見込みどおり、ここにひっかかっていやがったんだ）

　しかし、暗がりの中に黒猫の姿が見えるはずはない。ただかれの職業的に鋭いかんが、その動物のひそんでいる気配を感じただけである。米五郎は屋根をはいのぼって手すりまでたどりつくと、かごを回廊の中へそっとおいた。かごの一方が上下にすべる落とし戸になっていて、その一端に細いひもが結びつけてある。

　米五郎はふところから革袋をとり出して例の粉末をつかみ取ると、あたりの暗がりへまき散らした。さらに竹かごの中央へその粉末の少量をつまみ落として、それから、ひもを引いてすべり戸をあけたまま、そのひもの一端を握ってまたそろそろと屋根をはいおりていく。

屋根の末端へ身を伏せて、それっきり、死んだように息する音さえ聞こえないくらいに……

刻がながれる……だが、かれの耳には聞こえるのだ。その動物が、宿命的なわなの方へじりじり引きよせられてくる気配を……

突然、軽い、ストンという音がした。ひもを握った米五郎の指がゆるんで、かごのすべり戸が落ちたのだ。同時に、ぎゃっ！　絶望的な猫の悲鳴といっしょに、今にもかごが砕けて飛びそうなけたたましい物音がわき起こった。間髪をいれず立ち上がった米五郎は、身軽に屋根を横切ってかごをおさえた。

かごの中には、すさまじいうなり声をたてながららんらんと両眼を光らせた黒猫が、荒れくるっている。

だが、その瞬間、米五郎は回廊下へがくがくとくずおれた。肩先を、何者ともしれぬたくましい腕にむんずとつかまれたからである。

「おい。あにい……」

と頭から浴びせたその声。

「久しぶりだのう」

（うっ！）米五郎の叫び声はのどに詰まった。

「おれだよ」

と、えり首をつかんでねじ向けられて、

「ね、念仏の、親方さん……」

米五郎に生きたさまもない。相手は破れごろもに無精ひげ。見るからに板についた托鉢僧の姿ではあるが、なるほどにやっと笑った顔はまちがいなく仙海である。

「おう。覚えていてくんなすったか、かたじけねえ。人情紙よりも薄いご時世に、ご奇特なこった。実を言やあ、おまえさんに、おれから礼を言わにゃならねえことがもう一つあったんだ。といってもやぶからぼうでわかるめえが、神奈三四郎っていう人のゆくえを、おれはこのなりで江戸じゅう尋ね捜して歩いていたのさ。すると、さっき、番屋でおまえが庄助にしゃべっていた話の様子、ちょっと立ち聞きしたんだ、ありゃあまちがいねえことか？」

「へ、へい……もう、これんばかりもうそはいっちゃおりません」

「そうか、それを聞いておれも重荷がおりたここちだ。神奈さんはどうやらからだもよくなって、どこかへ退散しなすったっていうんだな？　無事でさえいてくださりゃあ、もうなにも望むところはねえ。それっていうのも、あにい。そのお銀さんとやらと、おまえさんのご親切のおかげだろう。おれからも……この仙十郎からも厚くお礼を言いますぜ」

「い、いえ、もう……」

「おれはご承知のぬすっとだが、ぬすっとはぬすっとなりに、またなにかお役にたつときもあるだろう。なにかおれに頼みてえことでもあったら遠慮なく言ってくれ。と、大きくはぬかしたものの、この五重塔をそっくり家まで運んでくれなんて、そんなことは困るんだが……」

「親方さん。いえ、もうじゅうぶんなんでございます」

「ははは……なにがじゅうぶんなのか知らねえが……いや、なんだってできねえことはねえつもりだったこのおれにも、このお兼の猫ばかりはどうにも手におえなかったよ。さすが、もちはもち屋だのう。番屋で立ち聞いた話の様子で、ひと足先にここへ忍んで見ていたが、おまえの猫呼びには、さすがのおれもかぶとを脱ぐ。ところで……」

　仙海は、まだ震えている米五郎の肩へ、その大きな手のひらを重くのせて、

「……ちょっと、頼みてえことがあるんだが、まさか、おめえ、いやとは言うめえ。うむ。いやとは言うめえが……」

「へい。な、なんだか存じませんが、できることなら、決していやとは申しません」

「そうすなおに言われるとちょっと言いそびれる。実は、この猫の、腹の中に飲んでいるしろものだ」

　仙海はそう言いながら、米五郎の答えも待たず、かごの上へかがみこんだ。

「うまく吐いたら、吐いたものだけをもらいてえ。いや、もらう。よかろうな?」

「へい、もう……」

　仙海は、かごのすべり戸をあげて、中へむぞうさに片手を突っこんだ。たけりたった猫が、そのこぶしのどこかへ食いついたらしい。

　しかし仙海は、眉一つしかめず、さらにむぞうさに猫の首をつかんで、がんじょうなかごの外へ引き出した。同時に、猫の腹部が大きく波打つと見るや、くさめといっしょに、なにか口から、吐き出された物があった。

仙海の指先につまんだ懐紙の中に、なにか鈍く光っているものが見えている。

「ちげえねえ。猫に小判とはよく言ったものよ……あにい、見な。猫が吐き出したのは、やまぶき色のおあしだぜ」

米五郎も猫も、その仙海のたくましい肩先をおびえたように見上げている。

「しかも、開基勝宝……本物としたら、こいつはどえらいこった。第四十七代淳仁天皇の天平宝字四年というから、皇朝十二銭の筆頭万年通宝の鋳られた年に前後して、この金銭開基勝宝に銀銭太平元宝が作られたと、ものの本には出ているが、ともについぞ実物は見た人がねえというういわくつきのしろものだ。……おい、あにい、おれは、おめえに古銭の講義をしているわけじゃねえんだが、ただ、おめえのうしろにいるだんな衆……それ、銅座の赤吉つぁんとかいったねえ。あのお人に、おりがあったら、これだけ伝えてもらいてえ了見なのさ」

「へい……」

「見な。この金銭の裏にゃあ、あざやかに髑髏《どくろ》の刻印が打ってある。女芸人お兼の手に秘蔵されていた二枚の髑髏銭……赤吉つぁんも目をすえてねらっていたらしいが、こうしてこのおれの手にはいったぜ。いや、もう一枚。お銀さんとやらが神奈さんの庭にある猫づかを掘ってがっかりしたっていう話だが、それもこの仙十郎が一足お先に掘り起こして、いただくものはいただいたってまでだ。そのほうに、それ、今話した銀銭太平元宝。今もこのふところの奥にひそんでいる。……覚えにくかろうが、はっきり赤吉つぁんにそう伝えておくんなよ。相手は仙十郎だ。不足はあるめえ。おい、よも不足はあるめえってな」

仙海は手中の銭に目を吸われて、うっとりしている。

「ああ、これが、千年の歴史をくぐってきたただ一枚の開基勝宝なんだなあ……見ろ。おれの手に二枚の髑髏銭が渡ってきた。おもしれえ。赤吉つぁん、柳沢の殿様、それに銭鬼灯とやらこわいお人……これで、どうやらおまえさんがたとこの仙十郎の足並みがそろってまいりましたようですぜ。さあ、これからは頭のあるやつ、力のあるやつの、のしっこだ。髑髏銭のなぞの解きっこだ。ああ、末の世だとは思ったが、けっこうおもしれえことにぶつかるもんだ……」

仙海はその銭を丁寧に紙にくるんで、ふところにしまった。

「もらっていくぜ」

「へい……」

「おれがおめえだったら、その猫をかごのまんま、知らぬ顔をして庄助のところへ持っていくな。そのほうが利口なやり方だろう。あにい、そう、思わねえか」

と言いすてて、米五郎の返事もきかず動きだしていた。手すりをまたいで屋根びさしへ立つと、ちょっとふり向いて、

「忘れていた。今夜のもらい物と、神奈さんの世話になった礼心とをいっしょにして……」

ふわりとなにか投げてよこす。米五郎の足もとにずしっと落ちて、破れた紙の間から、

「あ！　こんな大枚な金……」

「まさかおめえ、ぬすっとから金をもらうのをしりごみするほどの身分でもあるめえ。ははは」

屋根がわらを音もなく渡ったとおもうと、ひらり、飛んだと見たその姿は、かすかに銀杏の小枝をしなわせて、早くもあらぬほうへ消えうせていこうとしていた。

また近いうちに将軍家のご来邸をみるといううわさがあって、柳沢家では家具調度の

手入れやら庭の模様替えやら、そわそわと人の出入りがはげしかった。加州侯から今度贈られたばかりの南蛮鉄のとうろうのすえつけをみずから指揮していた保明は、それがかたづくと、片手のうちわで額の日をさえぎりながら、築山をめぐってゆったりと歩を移していった。

ざわついている邸内に、「檜様のはなれ」ばかりは、昨今喪中の家のように気味わるいくらい静まりかえっていた。

「檜……」

その建物に近よりながら保明が声をかけた。

せきが聞こえたのは、人のいる証拠であろう。しかし、返事の声は聞こえない。

「檜。書見か……」

と、保明は気軽く縁先へ腰をおろす。

あの時以来、ときには発作的に狂暴な荒れ方を見せることもあるが、概して、陰気にもの言わず考えこむことの多い檜になっていた。

今も、朱塗りの文机《ふづくえ》に、なにやら書物をひろげて黙々と目を落としているが、はたして心はどこにあるのやら。

「文の道はわしの主唱するところ、けっこうだが、にわかに凝りすぎては、かえって害になろう。少し、外の日にあたってはどうか……きょうは赤蜻蛉《あかとんぼ》が飛んでおるぞ」

保明は、うちわを動かしながら空の赤蜻蛉へまぶしそうな視線をやっていたが、檜ががんこに口をつぐんでいるので、

「そなた、まだおこっておるのか？」

「いいえ、おこってなどおりませぬ」

上げた檜の顔はやつれが見えて、光線のかげんか少しあお白かった。

「それならよい。しかし、そなたが口をきかぬと、このわしまではらはらする」

「檜はただ、考えることの好きなおなごになっただけでござります。おすておきくださりませ」

「檜。実は、明後日また上さまのご来駕《らいが》をいただくことになった」

「…………」

「そのことについて……いや、それはあとで話そう」

「わらわを、上さまのおそばめに……と、そのお話でござりましょう？」

「うむ。また、上さまからそのご催促であった。しかし、いやなそなたにしいるまでも

ない。代わりに……」

「小夜でござりまするか？」

と、檜の声がにわかにかんだかくなる。

「お父上さま？　また世間で、柳沢が立身出世のつぎ木をした、と陰口を申しましょうぞ！」

「世間の口に戸は立てられぬ。わしはわしの所論を遂行するまで、何物も犠牲にするし、いかなる悪評にも甘んじる。だいいち、小夜をそなたの代わりにさしあげることは、先ごろそなたも大賛成であったではないか」

「小夜は憎いやつ！　だれさまのなぶり者になろうと少しもかまいはいたしませぬが、しかし」

「いや、よい！　それでよい。あの女は、わしがいいようにいたそう」

そこへ庭を回って近寄ってくる足音がして、

「檜様。これにおいでてでございましたか」

こしもとの浜が、外出姿のまま、髪やすそに白々とほこりをあびて、額の玉なす汗をぬぐいながら立っていた。

「浜か……」

と、檜が暗い顔をねじ向ける。

「やっと尋ねあてたその医者の話の様子では……」

浜は濡れ縁の端近くひざを折って、おそるおそる檜の顔を仰ぎ見ている。三四郎に毒を盛る指揮をしたこのこしもとにとって、このころの檜の不機嫌は特にこたえるのだ。

「神奈三四郎殿には、お銀とやら申す者の手に救われ、先ごろまで下谷のあたりにお住まいあそばしておられた由にござりまする。またの鉄砲傷から破傷風をわずらわれ、いちじはあやぶまれましたご容態もようやくようおなりなされて、先ごろその住まいをお引き払いなされましたと……」

三四郎の安否ゆくえを尋ねて、こしもとが毎日毎日江戸じゅうを歩き回っていたものらしい。檜は部屋の片すみへ視線をおとしたまま、黙々と口をつぐんでいる。

「それからのおゆくえは、残念ながらとんと知れませぬ。なれど……」

「よい！」

檜の声はたたきつけるように強かった。

「は……」

顔を伏せたまま逃げるように立ち上がったこしもとの背へ、

「だが、もうご全快はなされたのじゃな？」

「は、医師はさよう申しておりました」

「さようか……」

と、急に静かな優しい声になって、

「御苦労であった」

こしもとが去っていくと、それまで軒先につるしてある風鈴の動きへ興ありげに目を吸われていた保明が、ゆっくりと微笑をかえして、

「神奈と申すと、例の浪人者のことじゃな？」

「………」

「だいぶ、気にかかっているとみえるの？」

そのことばのもっている親しげな揶揄《やゆ》に、檜の神経はびくっとけいれんした。

「お父上さま」

机の前を離れてつかつかと歩みよってくる。

「気にかかって悪うござりまするか？」

その勢いに、

（ほう！）と保明は胸をそらせた。

「お父上さま。神奈殿のことが気にかかって悪うござりましょうか？」

「悪い、とは申さぬ。だが、一介の素浪人のことを、そなたがあまり気にかけるで……」

「いえ、そうおさせあそばしたのはお父上さまでござりまする。お父上さまはお気にかからぬのでござりまするか？」

檜は急にほおを紅潮させ保明へつめよった。

「わらわは神奈殿に無理な試合をしいました。わらわはその試合に敗れました。敗ればこの命のないこと、もとより覚悟のことにござりました。なれど、あまりの無念さに、せめてもう一度の真剣勝負を、と望んだことさえ今にして思えばわらわの持って生まれた悲しいさが――わがまま、強情からの、かってな願いであったはずでござりまする。それを、さらに、あろうことか、あのおかたさまに毒を盛って、いやおうなくこの檜に勝たせようたくらみ……お父上さまのこの檜へのご慈愛、こしもとどものわらわへの忠義だて、とは申せ、あまりにあさましきいたされ方ではござりませぬか。わらわはあえて伺いまする。それが武道でござりましょうか？　いえ、それがお父上さまのお説きあそばす文の道とやらでござりましょうか？　わらわの胸の内は、神奈殿に対するうしろめたさでいっぱいなのでござりまする。柳沢家ともあるほどのものが、一介の素浪人を寄ってたかってだまし討ちにする……なんというひきょうな、あさましいことのかぎりでござりましょう！　これが武の道、文の道とやらでござりまするか？　いえ、わらわはあのおかたさまのゆくえを力のかぎり尋ねあてまする。いま一度お会い申して心の済むまでおわび申さずば、この檜の胸は、決して晴れはいたしませぬ。この檜の命は、神奈殿の前に既にないはずでござりまするものを。お父上さま。この檜が、神奈殿のことを気にかけておりまするを、これでもまだお笑いなされますか？　笑止のことにおぼしめされまするか？　父上さま！」

言いながら檜はがくっとからだを伏せた。震える肩の下からかすかなおえつの声がもれてくるのである。泣いているのか、檜……

苦汁をのんだように眉をよせて保明はややぼうぜんとその姿を見おろしている。

檜が泣く——かつて、ためしのないことである。男性を睥睨《へいげい》しながら剣をとって高くそびえたその同じ肩先が、今畳に伏して、なんと女らしく優しく波打っていることであろう！

（檜がめっきり女らしゅうなってきたとは思っていたが……）

保明はそう感じる。

三四郎の仮借せぬ強烈な剣気のもとにしたたか敗れ去ってから、檜はきょうまでいったいなにを考えてきたのであろう。

そういえば、今保明に向かって訴えるように叫んだその激越な口調の裏に、なにやら女としての檜の、三四郎という男に対する本能的な目ざめが、無意識のうちにほとばしっているのが感じられはしないだろうか。

ゆがんだ保明の顔がしだいになごやかにとけてきた。鋭いとうわさされている目が今は温かな微笑を含んで、娘の肩へ軽く手をおきながら、

「檜。言われるまでもない。わしのやり方は悪かった。許せよ。いや、わしもその男のゆくえの探索に手を貸そう。そして、会えたら、まずこのわしからわびるといたそう。はははは……泣くやつがあるか。かりにも柳沢の檜ともあるものが……聞いておるぞ、江

戸剣士番付とやらにそなた関脇《せきわけ》を占めておると申すではないか。その檜が、ははは……泣くやつがあるか」

檜は顔を上げたが、父に心の中を見すかされたような気がして、その顔をまともに仰ぎ見ることができなかった。そこへ、遠慮がちに近習がはいってきた。

「寺社奉行戸田能登守《とだのとのかみ》様ご使者がみえましてござりまする」

保明はちょっとうるさそうに、

「能登の使いだと？」

「は、ごひろう申し上げたき品をご持参なされました由……」

「待たしておけ」

とにべもなく言ったが、考え直したように、

「いや……いい。会うとしよう。ここへ通せ」

席をはずして立とうとする檜へ、

「檜。ここにおってもよいぞ。なにかそなたにも興あるものを持参いたしたのかもしれぬ。機嫌を直してくれねばいかん。いいか……」

「あるじ多用のため、それがし代わりまして」

使者が平蜘蛛《ひらぐも》のように手をつかえた。

「暑い……あいさつは抜きにせ」

保明は縁先に腰をかけたままの姿でむぞうさにうちわを使っている。

「ここが涼しい。もっと、こちらへよるがよい」

「はっ」

「で……用は?」

「かねがねご下命のござりました……」

と、背後からふろしき包みを引きよせた。

「……その品、おそなわりましたるところ、ようやく……」

結びめをといて取り出したものを見ると、それは先夜庄助から預かった米五郎が五重塔へ背負い上げた竹かごであった。先夜のまま、あのお兼の黒猫が凶暴な目を光らせて歯をむきながら、その中へ背をさかだてている。

「なるほど……」

保明はうちわを置いてのぞきこむ。

「お兼の飼い猫、と申すわけだな?」

「仰せのごとく……残念ながら、もう一匹のほうは既に死亡いたし、さるところへ埋葬いたされてござりましたを、一応掘り起こし取り調べみましたるところ、既に何者かに荒らしつくされ骨もなにもちりぢりになり果てておりましたる由……あるじより、お役に立たざる儀幾重にもおわび申し上げるようにと……」

「なにさま、すごい形相じゃ」

保明はしげしげと猫に見入っていたが、

「よくも生きたまま捕らえたものよ。能登に大儀であったと伝えてくれ」

「は……」

「さて、生類れんびんのおふれのてまえ、殺しもなるまい。どうするか……」

とちょっと考えて、

「だれか……」

声に応じて先刻の近習がはいってきた。

「お召しにござりますか?」

「このかごの猫が、腹中にさるものをのんでいる。そのほう、みごと吐かせてみるか

「……」

「は、かしこまってござりまする」

近習は勢いよくひざをすすめたが、猫の形相を見るとおもわず手をとめてためらった。

「やっぱり、おじけるの？」

保明の笑った声に、若侍はかっとほおをほてらせて、今度はなんの見さかいもなく、やにわにかごへ手をのばした。

「あっ！」

近習と使者とがいっしょに叫んだ声である。

若侍が夢中で手をふると、それにかみついていた猫は、いっしょにかごからおどりだして、濡れた筆を振ったように畳へ散った血潮と同じ方向へ、飛んで、ころがって、起きるよと見るや黒いはやてのようにさっと走りだした。

（しまった！）

顔色をかえた近習が立ち上がる。使者も立つ。保明も、やがて立ってそのあとへついていく。

猫は、飢えて疲れて、天性の敏活さをかいていた。高窓へ飛ぼうとして、力なえたようにしそんじると、やにわに方向を変じて廊下のほうへ、そこらへ突き当たりよろめきながら……

一同が猫を追ってなだれ出ていった。あとには、檜ひとり、先刻のままの姿勢で、じっとすわっていた。深く物思う姿で……

ここは「檜様のおはなれ」の一角にあたっている。二十畳も敷ける広さであろうか。この暑さに四方のふすまをぴったりたてきって、その動かぬ空気の中に花のかおりが漂っている。

王右軍《おうゆうぐん》の拓本と見える古雅な軸をかけた閑楚《かんそ》な床を前にしてお小夜は山百合《やまゆり》をいけていた。指が動くと花弁がゆれる。花弁がゆれると深いかおりがあざやかに立ちのぼる。あたりの空気になじみきったような静かな姿であった。

思えばお小夜の運命ほど数奇《すうき》なものはない。

あのさみだれの降りしきる日、見も知らぬ米五郎という男が偶然お小夜のわび住まいへ逃げこんで来たのがその運命の岐路であった。三四郎に救われてその住まいにかくまわれることになる……かとおもえば、その家に寝たのはわずかに一夜。闘花蝶の勝負手となって柳沢家へのりこむと同時に、赤吉お銀のわなにおちてそのまま柳沢家へ監禁されて以来――

恋――あかごのように清くうぶであったお小夜も、今ははっきりとおのれの心の底に燃えたつものをつきつめている。

養信寺店のその住まいに三四郎とふしどをならべて寝たころは、あまりにその人を近く見たためか、ただ恥ずかしさに訳もなくおどる心であったが、一度その人と遠く離れると、こうまでえぐられるようにはげしいうつろな寂しさがくるものか。

もう、恋以外のなにものでもない――と、はっきりそう思う。お小夜がその感激に最も強くうたれたのは、毒に倒れた三四郎を地下牢から救い出し、思わぬ仙海の助力を得てもう一息で塀を乗り越えるというとき、不幸な狙撃《そげき》をうけてふたりは外堀へ、おのれひとりは塀内へおちて再び追っ手に捕らえられ、檜の、むしろ嫉妬に狂ったようなはげしい打擲《ちょうちゃく》をうけた、その息も絶えるかと思われた苦痛の瞬間であった。

（三四郎様をお助けした！）

というその歓喜。

闘花蝶の闘銭をとった嫌疑をうけたのは、赤吉お銀のわなにおちたものとはいえ、その嫌疑が晴れるまではこうして監禁のうきめを見るのもしかたがない、とあきらめている。しかし、

（そのほかに、一つとしてやましいことがあるであろうか。三四郎様は、正しい試合をあそばして正しくお勝ちなされたのだ。それを遺恨に思って毒までのませてだまし討ちにしようとするなどは、だれがどう言おうと武道にもとることは明らかである。その三四郎様を危地からお救い申したとて、なんのうらみを受け、ののしられる弱みがあろう）

そう信じて、それ以来、お小夜は何物をもはばからぬ毅然《きぜん》とした態度で過ごしてきた。それかあらぬか、保明はもとより檜すら一度も顔を見せぬ。そして、お小夜に対する取り扱いもきわめて寛大に変わって来た。こしもとたちも、むしろ客人か、主人に仕えるように会釈する。望めばなんでもお小夜のためととのえてくれる。ただ、部屋をはなれて庭先におり立つと、いつの間にか一、二のこしもとが背後につきそって監視するようについてくることであった。

（なにゆえ、いつまでもわたくしをこうしておくのだろう？）と不審に思うお小夜は、

おのれを将軍綱吉に結びつける日が、思いのほか近づいていることに気づいていないのであろうか。

お小夜は、その時、花を持つ手をふと止めて耳を澄ませた。廊下をこっちへ向けてけたたましく近よってくる物音を聞いたからであった。

その近寄ってきたけたたましい物音が、なだれるように隣室へおどりこんだと思うと——

静かにあげたお小夜の目に、突如境の欄間へさっとおどり上がってくる黒い影が映った。

一瞬、影と見たそれは、鴨居へすべると見るまに、どっと畳へ飛んでおりて……

(猫!)

お小夜の指から山百合が落ちる。猫は抜け穴を求めるように、ふすまに沿って矢のように走ったが、そのつきあたりに人の姿を認めると、びくっと足をすくめた。既に目もくらむばかりに、殺気だっていた猫は、全身の毛を針鼠《はりねずみ》のようにさかだてて、露骨にむき出したきばの間から絶望的なうめき声を洩らした。

「あ！　玉ちゃん！　玉ちゃんじゃないの？」

お小夜が思わず目をみはって腰をうかした。

「おお、玉ちゃんだ。やっぱり玉ちゃんなのね」

その驚きとなつかしさに震える声は、すぐ動物の本能に響いて行った。猫はそびえた背を伸ばしてそろそろと近づいてくる。と同時に、がらりと境のふすまがあいた。

「どこだどこだ！」

どっとなだれこんできた人たちは、そこにお小夜の端座している姿を認めると、一瞬はっとしたように棒立ちになった。あの近習のほかに、四、五名のこしもとたちが加わっている。

「まあ、やつれて、きたなくなって……」

お小夜は、ひざの陰へ逃げこんで来た猫の頭をそっとなでてやる。猫はぴくっと耳を伏せただけで、されるままになっていた。そして、お小夜の手の下から、まだ追っ手の気配へ鋭くひとみを光らせている。

「玉ちゃん、どうしたの？　わるさでもしましたの？　かわいそうに、こんなにやせて
……」

お小夜は静かに目をあげて棒立ちになっている人たちのほうを見た。

「なにごとでござりまする?」

とがめるような調子に、近習はたじたじとなったが、こしもとのひとりが、

「お小夜殿。その猫をお渡しくださりませ。大殿さまのご入用の猫でござりまするほどに……」

「大殿さまの?」

お小夜は優しく猫の頭をなで続けている。

「お渡しもいたしましょうが、この猫になんのご用があるのでございましょう? かつて、わたくしの飼い親しんだことのございます猫……かようにおびえておりまするものを、一応訳をおきかせくださりませ」

「おう、ごもっとも……」

と、勢いづいた近習が進み出た。

「その猫の腹中に、大殿さまご大切の品をのみこんでおるのでござる。吐かせて吐かねば、腹を断ち割っても取り出さねばならぬ品でござれば……」

「まあ、むごいことを!」

お小夜は顔色を変えて猫の姿を見おろした。ただ一日か二日養ってやったにすぎぬ愛情とはいえ、小夜の優しい心根は、このように慕いよってくるものをとうてい見殺しにする気にはなれなかった。きっと顔を上げて、

「では、その大切なお品とやらを吐き出させさえいたせばよろしいのでございましょう？　その節には、この猫をわたくしにくださりまするか？」

「よかろう。猫はつかわす」

その声に驚いて一同がさっと道を開くと、そこに保明がゆうぜんと立っていた。

「玉ちゃん。大切なお品とやらをのんでいるなら、早く出してくださいよ。そうすれば、おまえをわたくしにくださると、お殿さまが申されます」

猫に言い含めているお小夜の姿を、保明は興ありげに見おろしていた。保明にとって、お兼の飼い猫がお小夜になれ親しんでいる関係が不思議に思われてならなかったのだ。しかし、疑うべくもなく、猫はお小夜の両手の中にされるままに身をまかせているのだ。

「さあ、玉ちゃん。お頼みよ……」

だが、既にその腹中から去った銭がどうしてそこへ出てこよう。お小夜の顔がしだいに当惑に曇ってくる。

「たしかに、この猫がのんでおるのでござりましょうか?」

「そのはずではある」

保明はお小夜の顔をじっと見つめた。

「しかし、あるいは既にうせている場合も考えられる。いずれにせよ、もし、そちの手によって猫が吐かぬとすれば、一応、そやつの腹を断ち割って、しかとたしかめる必要はあろう」

お小夜は猫を抱いたままうなだれた。

一座はしんとなる。と、その時であった。

そのふすまに、いつできたすきまであろう。猫に気をとられた一同の背後から、そのすきまをくぐって、カサコソ……畳をはって近よってくるかすかな物音がした。

やがて、人たちのまたの下をくぐって、なおもカサコソ音がつづいていく。

「あれッ!」

と、すそをくすぐったその気配に、こしもとのひとりがけたたましい声をあげた。

「まあ！　甲虫《かぶとむし》が！」

いっせいにふり向いた人たちが、だが、目をみはったのは、その甲虫が尾端からのびた細い糸の先に引きずってくる小さくたたんだ白紙であった。

（いたずら！）

とは思ったが、近習がいち早く手をのばしてつまみ上げる。ひろげた紙片を一瞥すると、はっと顔色を変えて、

「殿！」

保明は近習の差し出す紙片をうけとって静かに読みくだす。小さな懐紙の切れはしへ、

あついことにこれありそうろう
おりから、猫をこづくのはむだってことよ。
とっくにもらってこれありそうろう
開基勝宝一枚
南無阿弥陀仏

近習は保明の顔色をよんで、やにわにふすま近くはせよると、力まかせにガラッとあけた。

だれもいない。広縁をへだてて真昼の光線がぎらっと照りかえしたばかり。

「よい！　むだであろう」

保明の声に、近習は走り出そうとした足をとめた。

さすがに保明の顔には動揺の色はない。手中の紙へもう一度目をくれてから、畳の上へあおむけざまにころがって手足をあがかせている甲虫を、糸の端をつまんでつるし上げた。くちびるをゆがめてかすかに苦笑しながら、

「味をやる……」

保明たちが潮のひくように立ち去っていってしまうと、あとはまた急にひっそりとなる。

猫はお小夜のひざもとにぐったりと死んだように眠りこけ、お小夜もなにか軽い疲れのようなものを感じて、しばしは机にもたれてうっとりとしていた。

どこかで、蜩《ひぐらし》が鳴いている……

と、夢みごこちに思いながら、それからどれほどの刻がたったであろう。

ふと――全く、ふと、お小夜は顔を上げて耳を澄ませるふうをした。かすかな音である。

トン、トン、トン……

どこから響いてくるのであろうか。よほど注意せねば聞きとれぬほどの、かすかな響きではある、が、しかし、それは、規則正しく間をおいて正しい律動で伝わってくるのだ。

（畳の下？）

そうだ。たしかに、お小夜のすわっているあたりの床下から、しかもなにか合図でもするように響いてくる音である。だんだんに、少しずつ音は高くなってきて、やがて人声が……

「お小夜さん……」

猫がむくっと起き上がる。

「お小夜さん、お小夜さん……」

まちがいなく、床下から自分に呼びかけてくる男の声である。

「聞こえたら、合図に畳をたたいておくんなさいよ、お小夜さん……」

お小夜は畳へつめを立ててうなりだした猫をひざへ抱き上げて、からだを堅くした。

「聞こえませんかね？　あっしの声がわかりませんかね？　あっしゃあ仙海だよ」

（お！　仙海殿！）

お小夜の顔に一瞬さっと歓喜の色が流れた。あるべからざる場所から思わぬ人の声の響いてきた不思議さを疑うより先に、お小夜は反射的に畳を軽くたたき返していた。

「ああ、聞こえたね、お小夜さん」

すぐ、床下の声が応じてくる。

「さすが、柳沢の普請だけあって、床の木組みまでなかなか豪勢なものですぜ。風通しがよくて涼しくて、これで蜘蛛《くも》の巣さえなけりゃあ、養信寺店の住まいなんぞよりなんぼ住みごこちがいいかしれねえんだが……」

いつ、どこからどうして、このかたがこの厳重な床下へ忍びこんだのか？

しかし、畳へ顔をよせて、せきこんで、まずお小夜が尋ねかけたことばは——

「仙海殿。ご無事でおられますか、神奈様は？」

仙海のほっと嘆ずるような吐息が、

「そんなにまで、思っていらっしゃるんだねえ」

間をおいて、

「ご安心なせえ。ご無事でさあ」

畳へ片手をついて深くうなだれたまま、お小夜の目からほろりと涙がしたたりおちる。

「運の悪いことに、たま傷をうけちまって、いちじはあぶないほどの出血もあったんだが……なにね、お銀という女に助けられて……あんたも知っていなさるだろう？　闘花蝶の相手に出たあの女さ。妙な縁さね。そんなわけで、もうすっかりよくなった、とだけわかっていて、まだ居どころは知れねえんだが……いや、お小夜さん、あんたが三四郎さんを案じるくらい、あっしもあの人のことを案じているんだってことは、はっきり言っておこうかね。ゆくえが知れねえが、ありがたいことに三四郎さんは元気でいなさる。会えるだろう。いや、会えるさ、近いうちに……」

仙海の声は、厚い床と畳をとおして、かすかだが強くはっきり聞こえてくる。

「お小夜さん。明後日、この屋敷へ将軍さまがご入来になることをご存じかね？」

「知りませぬ」

「そうか、お知りなさられねえのか」

と、ためらうように声はとぎれて、

「……だが、お小夜さん。どんなことがあっても、どんなことがあっても勇気をくじいちゃいけませんぜ。心を、強くもつんだ」

「え?」

「いや、その時が来りゃあわかるこった。いつでもこの坊主が、あんたの影身にそっているとお思いなせえ。きっと命にかけて力になりましょうよ。そうして、それ、いよいよつらいときには三四郎さんのことを考えるんだ。決して短気なまねはしなさるんじゃねえ。いいかね?」

「それはなんのお話でござりましょうか?」

「…………」

仙海は答えぬ。が、やがて、

「三四郎さんの無事なことだけを知らせたかったんだ。じゃあ、お小夜さん。あっしは行くぞ」

「仙海殿。もし、仙海殿……」

お小夜があわてて呼んだが、もう答えはなかった。耳を澄ますと、ナンマイダア、ナンマイダアと、念仏の声がしだいに大地の底へしみ入るように消え細っていくのが聞こえた。お小夜は、がっくりとにわかに力が抜けたようになる。

（三四郎様は！　三四郎様は？）

あれも聞きたかった、これも尋ねたかったと、なまじその人のたよりを耳にしたばかりに、今まで以上の気がかりさに胸がいっぱいになって、部屋のふすまがあいたのも気づかずにいたお小夜であった。

足音が静かに畳をふんで、その背後に近よる。はじめてその気配にはっとわれにかえったお小夜がふり向くと、そこに、檜がじっと立っていた。

あの時以来、檜がお小夜の前へ姿を現した最初である。お小夜は動ずる色もなく、静かにしとねをすすめておのれは下座にずり下がった。しかし、一口もきかぬ。

互いにあらぬほうへ目をそらしたまま黙々と相対している。ただ、人になつくことを知らぬ黒猫ばかりが、お小夜の背後にかくれてうなり声をたてていた。

「小夜……」

と、檜のくちびるを、日ごろのこの娘の声とは似つかぬ力なげな声が洩れて出た。

「は」

むしろ、お小夜のほうがきっと檜を仰いだ。

「小夜、そちゃ……」

と言いかけて、ためらうように口をつぐむ。なんというみじめにも弱々しい檜であろう。

「そちゃ、神奈殿と、いかなる縁続きにいやるのか？」

さすがに、お小夜の顔がこころもちあお白んできた。

「小夜、かくさずに言うてたも。神奈殿とそなたと、親しい間柄であると申しやったのう？」

そう言いながら、檜ははじめてお小夜の顔を真正面から凝視した。お小夜はまっすぐに顔をあげて、檜の目を見返している。

「神奈殿は、そなたの何にあたるのじゃ？」

「なにゆえそのようなお尋ねをあそばされまする？　わたくしが神奈様とどうあろう

と、姫君さまになんのおかかわりあいもないことにはございませぬか？」

きっぱり言い返したお小夜のことばに、檜の顔へさっと血がのぼった。むらむらっと燃え上がりかけた忿怒《ふんぬ》をぐっとかみ殺して、

「望みは神奈殿のお身もとを探りたいとばかりじゃ。手をつくしておゆくえを尋ねている。わらわは大きな過失をしでかしたと思えばこそ、一刻もはよう、あのかたさまにわびとう思っているのじゃ。それまでは、この胸のはれる時がない。小夜、神奈殿についてそなたの知れるかぎりのこと、この檜に聞かせてたも……」

「そのお志だけにて、神奈殿はさだめしご満足におぼしめされることにござりましょう。これ以上、あのおかたさまにおこだわりあそばしますよりも、そっとお捨ておきなされますほうが、神奈様もお喜びかと存ぜられまするが……」

檜が暗い目つきでお小夜を探るように見た。

「檜様。小夜はいじわるく隠しだてなどいたすのでございませぬ。わたくしは、全く思わぬことから神奈様に命をお救いいただき……そのうえ、そのお住まいに一夜をごやっかいにあずかりましたまでのご縁……ご恩こそ深く心に刻んでおりますれ、まこと神奈様について申し上げることがないのでござりまする」

檜は黙って目を閉じている。ややあって、深い吐息をもらしながら、

「すりゃ、そなたと神奈殿とはただそれだけの、いわば行きずりの縁《えにし》、と申すのじゃな？」

（行きずりの縁……）

なんというはげしいことばであろう。（神奈様にとって、この小夜はただの行きずりの縁かはしらねど、この小夜から申さば、神奈様がなんでそのようなものであってよいであろう！　もう、この胸のすみずみまでもいっぱいにそのおかたさまの幻が満ち広がっているものを！）

「それとも、そなた、神奈殿と？」

「いえ仰せのとおり、わたくしと神奈様とは、それだけのご縁にすぎませぬ」

「しかと、さようか？」

「…………」

「これ、小夜！　そちゃ、偽りを申しておろう？」

急に檜の声がかんだかくなる。

「なにゆえに、さよう仰せられまする？」

「いや、かくしておろう？　かくしておろう？　それとも、しかとさようならば、神奈殿に対してこの檜がなにをいたそうと、なにを申そうと、よも不服はあるまいの？」

「えっ？」

「よも不服はあるまい！　いや、不服は言わさぬ！　今こそ申す、恥を忍んではっきり申す。聞きゃ！　ひ、檜は、神奈様を……」

「檜様ッ！」

ふたりの女性ははじかれたようにさっといっせいに立ち上がった。宙に出会ったふたりの目に嫉妬の炎がめらめらと燃え上がる。

犬公方

将軍綱吉が柳沢の屋敷へ着いたのは、七ツを回ったころであった。ご帰城は夜になるであろう——と供人たちのうわさである。

ご本丸から神田橋内のこの屋敷まではほんの目と鼻の距離であるから、供ぞろいはごく小人数のお忍びであるが、近ごろこのあたりを徘徊《はいかい》する挙動不審の男がいるといううわさもあって、御成筋《おなりすじ》から柳沢邸へかけての警戒は、ことのほかに厳重であった。まして、柳沢邸内にけさから二回にもわたって、屋根裏から床下までくまなく捜査が繰りかえされた。さすが、お成りがあってからは将軍家の目に触れてその興をそぐことを恐れて、そこらをうろつく番士の姿は見えなくなったが、しかしところどころの警戒はさらにゆるめられた様子もない。

さて——お成りがある。お出迎えがある。そのざわつきに、知らず知らず人々の注意が表門のほうへひかれたその間のできごとであった。

一匹の白犬が――ひどくよごれて、白いと言うよりむしろねずみ色に染まっている、そのうえ皮膚病があるとみえ、ところどころ毛が抜けて赤膚が露出しているし、熱病患者のように黄色い目をとろんと鈍く曇らせて、口からはひっきりなしに濃い唾液《だえき》をたらたら流している。

その、一見病犬と見える白犬が、柳沢邸の裏門の前へこつぜんと姿を現したのであった。

こつぜん――、というほかはないであろう。その裏門の警衛にあたっていた番士のひとりが、ふと目をやったときには、犬はもうそこに立っていたのである。天から降ってきたのでないとすれば、鼻先の堀の中からはい上がってきたものとしか思えない。さもなくて、つじつじのあの厳重な番士の目をくぐって、たとえ犬一匹たりともこのへんまで迷い込んでくるなどとは、考えられないからである。犬はたいくつそうに首をさげて、唾液を長くたらしながら、よたよた裏のほうへ歩みよってくる。見ていた番士のひとりが、急に眉をしかめて、

「狂犬らしいぞ。しっ、しっ！　あっちへ行け」

追ってても、まるでその声が耳にはいらないように、なおもしつこく近よってくるのである。

「だれだ。こんな犬を？」

棒をとって振り上げたが、

「ちぇっ！　なぐることもできん！」

犬公方《いぬくぼう》のお成り先で、犬を打ち殺したなどということでも起これば、その場をさらず切腹は知れきっている。

「だれかおさえろ」

ほかの番士も、狂犬と聞いてはうかつに手を出さない。そのうちに、番士たちの足もとまでよたよたと近よってきた犬は、なに思ったか、突然砂をけって門内へ走りこんだ。

「あっ！」

ぎょっとしたのは番士たちである。

「大変だ！　お庭先へでも迷いこまれては」

もう、狂犬だろうがなんだろうが捨ててはおけぬ、といったように、

「おい！　捕まえろ！」

いっせいにばらばらっと走りだす。門わきががらになる。と、その瞬間。番士たちの背後を、門内へ向けて、すっと風のようにかすめて過ぎたものがあった。

（はて？）

と、その気配に感づいたのはさすがである。番士の中でただひとり門近く残っていた男であった。ふりむいたとたん、紫色の影をひいて、ちらっと植え込みの陰へ消えたものが目に映った。見ようによっては、その植え込みの葉裏が風にゆらいだとも思えたであろう。

しかし、番士はちゅうちょなく、その植え込み目がけて走りだしていた。近よってみると、なにごともない、明るく揺れる緑の影ばかり。

だが、番士の疑念はまだ去らなかった。もう一つ先方にあるさらに濃い八ツ手のむらがりへじっと目をそそいでいたが、やがて勢いこんで走りよっていく。と思うまもなく、

「あっ！」

のどをつまらせてその番士はのけぞった。

あまりに思いがけぬ鼻先へ、その人影がぬっと立ちはだかったからである。

中間《ちゆうげん》姿で、顔は手ぬぐいで包んでいる。

「き、きさまッ！」

やっとそれだけ、あえぐように言って、大刀のつかへ右手をかけざま、つかつかっと。

手ぬぐいの陰で、中間の目が氷のように冷たくぎらりと光る。

「くせ者ッ！　手ぬぐいをとれッ！」

「静かにしねえか」

低く太い、なにか威圧するような声であった。

「小僧。命がほしかったら静かにしろ」

そう言いながらぐっと肩をそびやかす。

「こやつッ！」

番士は抜く気であったらしい。しかし、それよりも早く、あっと言うまもなく相手の姿がのしかかっていた。もろくもずるずるっと引きずられながら、

（出会えッ！　くせ者だッ！）

と叫ぼうとしたのどへ、相手のきき腕がぐっと絞めこんできた。

（ううう……）

番士の顔はみるみる紫色にはれ上がる。二、三寸抜きかけた刀のつかにある右手が、そのうめき声につれてかすかに震えていたとおもうと、やがて、だらりと下へおちて……中間は、がっくり力を失った番士のからだを横抱きにして、そのまま息一つ切らせず立っていた。白日はさんさんと降りそそぎ、緑の影一つ動かぬ静けさである。

やっと犬を捕らえたらしい番士たちの声が門のほうへもどってきた。その気配に耳を澄ましながら、中間は植え込みを巧みにくぐって庭の奥のほうへゆっくり歩きだす。

林と秋草のしげりにおおわれたあたりに、忘れられたように小さな阿弥陀《あみだ》堂がたっていた。その前までくると、中間はさらにいっそうの細かい注意を払いながら、その堂の扉へ手をかけた。中には阿弥陀如来が安置してあった。

白日の下を歩いて来た目には、中は暗くてはっきりとは見渡せぬが、人のひとりふたりは楽にはいれる余裕がある。中間は、悶絶《もんぜつ》している番士をその中へかかえこむと、扉をしめて、

「ばかに日照りがつづきゃあがる……」

つぶやきながら、はじめてほおかむりをとり捨てた。見ると、仙海である。

仙海は、楽しい思いにふけってでもいるようにゆったりと腰をおろして、莨入《たばこい》れを抜きとった。が、そのとたん、ぎくっとしたように、仙海の目が闇の中に光を放った。

阿弥陀堂の中はしんとして音もない。

仙海は黙々とかがみこんで煙管《きせる》へ莨をつめている。さらに、なにげない手つきで火打ち袋を取り上げる。とおもった瞬間、かつて見たこともないほどの敏捷な精悍さで、その影がさっと暗闇をついておどり上がった。あお白くきらめいたのは匕首である。がっとゆれ動いた大気の中に、如来像をけって二つの人影が立ち上がった。ぎりりっと仙海が歯をかみ鳴らした。あれだけのはげしい匕首を、なんたる相手であろう！　楽にかわしてその手首を逆にねじり上げてきたその力……

立ってもみ合うと見るまに、

「おっ！」

仙海が低く叫んだ。

「三四郎さんじゃあねえか？」

「おう。その声は仙海殿だったな？」

と、三四郎の声がなつかしそうに応じてくる。

「なんたるこった……同士討ちとは、からだらしのねえ」

仙海の苦笑している顔が見えるようである。

「三四郎さんに、こんなところで会えようとは夢にも思わなかったからなあ」

「みどもとても同じことだ」

声は低いが、なつかしさにはずんでいる。

「三四郎さん。からだのほうは？」

「おかげで……」

「そりゃいい。で、いよいよきょうはやんなさるんだね、宿願のあだ討ちを？　いいひよりだ。おてがらを祈りやしょう。実は、うまくすると、きょうはあんたに会えるだろうと楽しみにしてはいたのさ。だが、この警戒をおかして、うまくあんたが忍びこめるかどうか、それがただ一つ心配だった」

「けさ明け方から、ここへひそんでおったのだ。二度も、この扉をあけて調べにきた者があったが、如来像の背後に身を伏せていたみどもには、さいわいと気づかずに行ってしまった」

「驚いた。あんたにそんな手があろうとは、さすがのあっしも気づかなかった。この一幕あ、みごとに仙海の負け星だったね」

「御身はこの屋敷に？」

「なにゆえ忍びこんできたかって聞きなさるのかね？　かくすこともあるめえ、柳沢の大将が秘蔵している『精撰皇朝銭譜』って本を、ちょっと拝見したいばかりの道楽気からさね。で、あんたはこれからどうしなさる？」

「いずれ、夜になってから……」

三四郎は言いかけてぽつりと口をきった。しばらく、ためらうように黙っていたが、

「仙海殿。御身はご存じなかろうかな？」

「なにを？」

「ご存じの、あの……お小夜と申す娘御の安否だが？」

「無事でなかったとすれば、どうしなさる？」

三四郎は闇の中でさっとあおざめた。

「じゃあ、お小夜殿は?!」

「三四郎さん……」

仙海が三四郎の手を固く握った。

「喜ぶぜ、お小夜さんが……」

「え？」

「無事だとも。同じ、この屋敷の中に元気で暮らしていなさる。三四郎さん。あんたのことで、あの娘さんの胸の中はいっぱいなんだぜ。あんたがあの娘さんの安否をそれほど気にかけていたと聞いたら、どんなに喜ぶことだろう。いい娘だ。あっしは好きだね。もし、あんたがご不用なら、あっしが女房にもらってしまう。はははは……」

将軍のお成りとあるからは、重臣をはじめ近習の末にいたるまで数十あるいは数百の供ぞろいをつらねてものものしく乗りこむのを常々のこととしているのに、今度は全くの異例であった。

老中大久保加賀守《おおくぼかがのかみ》、御側御用人牧野備後守《まきのびんごのかみ》ほかわずか十数のお供をかぞえたばかりの文字どおりお忍びのお成りであった。

柳沢家でもお忍びというお声がかりで、家人がわずかに裃《かみしも》の礼服に姿を改めた程度で、ことさらにものものしいお迎えもしなかった。

しかし、お成り屋へ通った綱吉はなかなかに上機嫌である。元来がぎょうぎょうしい第一公式を喜ぶ将軍ではあるが、たまにはこうしたざっくばらんさが気に入るのであろう。

保明をはじめ、保明の奥方定子、愛妾《あいしょう》染子、世間で綱吉のたねであるなどとひそかなうわさのたっている染子腹の、のちに吉里《よしさと》をとなえた当時五歳の少年まで、近々と召されていちいちおことばがある。その人たちへ、将軍からいちいちご下賜の品があり、また各人からそれぞれ心にかけたものの献上がある。

さて、それが済んでから――

しばらくの間、綱吉はなにも言わず正面を見たまま、なにか心待ちに待っている姿でじっとしていた。とうとう、こらえきれなくなったように、その目が保明の目を見返した。

(檜は?)と、問いかけている綱吉の気持ちが保明にはすぐわかった。保明がうなずきながら微笑で見かえすと、今年四十七歳になる分別盛りの将軍の目に、ちょっとてれくさいような苦笑の影がちらついた。

きょう、こうして、異例にもお忍びで突然やって来たはらの中には、明らかに檜への目的が感じられるのだ。それを、さすがに気恥ずかしく思う気持ちが動いたのであろう。そこへ、かすかになまめかしい絹ずれの音をたてながらお小夜が静々とはいってきた。檜の礼装をそのまま身につけた姿は、どこへつき出しても大身のご息女として恥ずかしくない気品、艶麗《えんれい》さであった。

　その人を将軍と知ってか知らずでか、あおざめて見えるその顔をうつむけながら、すそさばきもみごとにぴったり座をしめる。既に心決しているのか、少しも悪びれたさまは見えない。

「うむうむ……」

　綱吉は今までしかめていた眉をといて、みるみる明るい笑顔になりながらうなずいた。

「きょうはまた一段と美しいのう。わずか見ぬ間に、立ち居ふるまいもみごとに女らしゅうなった。のう、備後！」

　とかたわらの備後守をかえり見る。

「いかさま仰せのごとく……見違えるほどお静かになられました」

「備後もああ申す。女は女らしいことが第一じゃ。などと申すと、またそちにしかられるかの。そうそう、先日は、猿楽を舞うよりやりの一手も稽古せい、とそちにきつうたしなめられたのであったわい。うむ。きょうはひとしおあでやかに見ゆる。檜。もう一度立ってみい……」

「恐れながら……」

保明が微笑をつづけながら口をはさんだ。

「お目どおりの者、新たに保明が養女といたしました小夜と申す者にござりまする。お見知りおきのほど……」

「なに？」

「申しおくれましたが、檜儀はおりあしく不快にてお目どおり遠慮申しつけてござりまする」

そう言いながら微笑をつづけている保明の顔を見ると、綱吉は、

（こいつ。ていよく檜を逃がしたな……）

と、おこったように眉をしかめたが、

（しかし、よく似ている……）

思わずお小夜の姿に目を吸われてしかめた眉もしらずしらずゆるんで来る。

「小夜と申すか？」

綱吉はついに惜しげもない笑顔になって、

「幾歳になる？」

「これ、小夜。ご直答申せ」

と、そばから保明が注意した。

「は。十九歳にあいなりまする」

お小夜の声は、悪びれもせず、ことさらに澄んで美しく響いた。

「ほう、若いの。なにか、武芸のたしなみはあるか？」

「未熟ながら、長刀《なぎなた》の一手二手を……」

「出羽。これはいかん……」

と、綱吉は真顔を作って保明を見た。

「いよいよ、余もやりの一手を修業せねばなるまいて。近ごろの女子《おなご》は板額《はんがく》ぞろいじゃ」

「ははは……おたわむれを……」

「小夜。文の道はどうじゃ？　檜めと同じく、さような柔弱なことはだいきらいと申すかな？」

「なにごとにも未熟なものでござりまする。四書五経素読のひととおりを……申しあぐるほどのものにござりませぬ」

「うむうむ。その口ぶりではだいぶに素養はある。学問は好きか？　思う存分学問にひたって見る気はないか？　いや、たとえば……」

綱吉はちょっとことばを切って一座を見回した。だれもかれも、こころもち頭を下げるようにして、しんと耳を澄ましている。

「……たとえば、余の側近にあって、余の好む学びの道にともに精進いたして見る気はないかと申すのじゃ？」

お小夜は目を上げて静かに綱吉の顔を見た。

「畏《おそ》れ多い儀にござりますが、そのうつわにござりませぬ。ただのおなごといたしまして、孔孟《こうもう》先覚の道にひたりまするより、家事裁縫にいそしむ起き伏しが望ましゅう存ぜられます」

と、よどみもなく、はっきりと。

「ははは……手ごわい」

綱吉はやや苦笑に似た、しかしどこか満足そうな表情をうかべて声は高々と笑っていた。

檜とは似ても似つかぬ女らしい艶麗さの中に、それかといって将軍家を畏れる色とてもない弾力があって、いつもこびることしか知らぬ女の中にすわっている綱吉にとって、その野性的な新鮮さがひどく心をひいたらしい。

「出羽。そちゃよい拾いものをいたしたの？」

「お気に召しましてござりまするか？」

「さればよ。きょうこそ檜めがまたもし、わがままいっぱいに不埒をはたらかば、存ずるところもあったに……小夜で柳沢の家がつながる」

と、上機嫌に冗談らしく言うのへ、保明も冗談らしくうけて、

「上さまにも、やりの一手ご修業のご苦労、はぶけまするやに存ぜられまするが……」

別間で酒肴《しゅこう》が出るようになっても、綱吉はそばからお小夜を放そうとはしなかった。

綱吉は名代の学問好きで、いつもの例だと、これから書経の講釈がはじまり、みずから数章を演述したり、また名ざしで講義させたり、続いてはお能上覧と、きまった番組をとるのであるが、きょうはそのお申し出さえもない。

やがて日が落ちて豪華な絹あんどんに灯がともし連ねられても、まだお小夜を相手の

酒興はつきるとも見えなかった。

綱吉にとって、話せば話すほど心ひかれてくるお小夜であった。檜をそばにおくと、その鋭さにむしろ爽快さを覚えたが、このお小夜とともにあると、しみじみとした清らかな温かさに身も心も陶然となってくる。

徳川十五代の中にあって、綱吉の時代ほど中央の威令が厳としてあまねく行われたときはないので、それを自覚しているだけに、おのれの意志に対して束縛や抵抗を絶対に認めない綱吉にとって、一見ひとつかみとばかり見えてしかも強靫《きょうじん》に反発してくるお小夜の柔軟さが、ことのほかいらだたしいものに思われた。やがて酒宴もひとくぎりとなり、綱吉とお小夜を茶席へのこしたまま一同次の間へさがってしまう。

（いざとなれば自害してはてるばかりである……）

お小夜は運命に身をゆだねきったように自若としていた。

「酔うた酔うた。こよいほど快う酔うたことは、近ごろまれじゃ」

綱吉は上機嫌で脇息《きょうそく》にもたれている。

「小夜。ちこうよれ」

「は……」

「そちは、父も母も兄弟もないと言うたの？」

「は……」

「ふびんにの。だが、もうよい。出羽がそなたの養父となると申す。余も……なにかと力になろうぞ。小夜……ちこう寄れ……もそっと寄れと申すに……」

「あ……」

「これ！」

あんどんの灯がちらちらとまたたく。

「これ、小夜！」

と、息が荒々しく……

その時であった。

ドドーーン！

と、突然かすかに地鳴りが伝わってきた。

さすがに、一瞬、綱吉はきっとなって、

「出羽！」

「は」

次の間で保明の立つ気配がした。ふすま越しに、

「なにごとじゃ、あの音は？」

「お耳をけがしおそれいりまする。おそらくは、家人の不注意、なにか家具を倒したものと心得まするが……」

「そうか……」

と、一瞬は納得したようにうなずいた。

しかし、その立った保明の足もとへ、

「殿！」

と、小声で、しかし鋭く呼びかけながら駆けよったひとりの近習が手をつかえた。

その顔を保明はじっと見かえって、

「申せ！　一口に……」

「ご書庫に火が……」

「よし、行く！」

保明は言うより早くつかつかと歩きだしていた。

書庫というのは、いつぞや天井にひそんでいる仙海へ檜が懐剣を投げつけたことのあ

る土蔵造りの部屋であった。廊下に立った番士が、

「なんでもない、なんでもござらん！」

と、しきりに手を振って、駆けよってくる人たちを制していた。将軍をはばかって、騒ぎを大きくすまい大きくすまい――とだれもかれもが口を固くつぐみ、足音を忍ばせて動いている。しかし、その荒い息づかいだけで、その周囲にはただならぬ気配があふれていた。

一歩中へ踏みこむと、もうもうと黄色の煙が立ちこめて、むせかえるような火薬の臭気が鼻腔《びこう》をつく。その保明の前へ若侍のひとりが、

「殿！」

血のけを失った顔を、がばと伏せた。

「申し上げます！」

「申せ！」

「仔細《しさい》は相知れませぬ。われら両三名、このお廊下先まで通りかかりましたる節、突然に……全くもって突然に、おふすま内にごうぜんたる爆音が聞こえ、同時に部屋の灯がいっせいに消え果てましたる次第にござりまする。時をうつさず手燭《てしょく》をとっておどりこ

みましたるところ、ご書庫の錠まえが……」

と、手に握っていた砕けた錠まえの破片を差し出して、

「……かくのとおり破られ、板戸も半ば倒れかかっておりました。ただ不思議千万なるは、何者の姿も認めえず……」

保明はものも言わず部屋の中央に仁王立ちになった。こめかみに太く血管が浮き上がって、つり上がった目じりがかすかに震えている。

黄色の煙のうずがしだいに散っていくと、錠まえの切れとんだ書庫の木戸の前へふたりの若侍がひじをいからせて立ちはだかっている姿が見えてきた。

「何者も見かけなんだと？　気配もなかったのか？　足音もせなんだのか？」

やがて、口を開いた時、保明の声音は低く、太く沈んでいた。あきらかに、はげしい不機嫌さが感じられる。それだけに、若侍は責任を感じたようにくちびるをかんで、

「は、仰せのごとく……」

そこへ、もうひとりの近習が、

「おそらくは、殿……これにかかわりあることかと存ぜられまする。先ごろより裏門警備の番士ひとり、いずこへか姿をかくしもどりませぬため、不審に存じ、そここを捜

しみましたるところ、お庭先なる阿弥陀堂の奥に手足を縛されまして……」

保明の目がその近習の顔へ向かって光った。

「怪しきことに存じ、ただいま、手を分けてお屋敷内くまなく取り調べおりますおりもおりのことでござりました」

保明の顔はいよいよ堅く、まるで仮面のように冷たく動かなくなってきた。ついぞ見せたこともない不機嫌さで、

「ばかめら！」

声は低い。低いが、相手の心をえぐるような鋭さがあった。

「騒ぐなと言え！　いや、すぐ静まれ！　即刻に持ち場へかえれ！　きょうを、……いかなる日と心得るかッ！」

保明はただひとり手燭をとって書庫の中へはいっていった。

書庫とはいえ、書籍を積んであるのは片側半分くらいで、残りの半分は収集した古銭の貯蔵庫にあてられてある。

どことなくかびくさい空気の中に、保明はむっとした顔で立って、あたりをしげしげ

と見回した。なに一つとして、かき回されたような形跡はない。銭箱は整然と積まれてあるし、たなの書籍はきちんとそろえられたままである。

保明は部屋の中を一巡して、やがて一隅に立ちどまった。そこには、一尺角もあるかと思われる太い柱が半ば壁に塗りこまれて見えている。保明が指をふれると、仕掛があると見えて、柱の一部がぽっかり口を開いた。その中をのぞきこんで、

（なにごともない……）

保明の眉がよる。

（すると、何者が、いかなる目的であの錠まえを破壊したのか）

その疑問なのだ。少なくとも、こわしようもあろうに錠まえに火薬を仕掛けるなどとは、人の耳をおそれる盗賊のすべきこととは思われぬ。

（すると？）

保明の顔がさっとあおざめた。こうして屋敷じゅうの注意をこの部屋へ集めておいて、その警戒のゆるんだ間に、

（もしや、上《かみ》のお身の上に？）

保明は書庫を立ち出て、走るようにお成り屋へもどってきた。先刻のまま、次の間へ

控えている牧野備後守に、

「上さまには？」

日ごろ物に動じたさまを見せたことのない保明としては珍しくあわただしい調子である。

「上さま？」

と、備後守はむしろその保明の顔色を怪しんで、

「上様がどうかあそばされたのか？」

「なにごともなかったか？　それならよい。それならよいのだ……」

保明はほっと息をついたが、しかしなお、隣室のあまりの静けさを気づかうさまで、

「申し上げまする……」

声をかけながらふすま近くへそっと立った。が、同時に、

「あ！　備後。おられぬぞ……」

けたたましくふすまを開く。

そこには、綱吉も小夜も姿を見せなかった。

「お庭であろう」

備後守もいささかろうばいしたように、保明のあとについてくる。庭には淡い月があって、風に草の下陰がかすかに鳴っている。

築山にそって歩いて立っていた保明が愕然として足をとめた。

「おお！　小夜ではないか？」

暗いあずまやの中に、ひとり、お小夜の白い顔がほのかに浮き上がって見えた。

「上さまは？」

と、保明はせきこんだ。

お小夜は夢からさめたようにふり向いて、

「今しがた、お成り屋のほうへ……」

「なにッ？」

「お供いたしてここまでまいりますと、急に笛を聞かせてつかわそうと仰せられまして、おんみずからお好みの笛をお取り寄せにおもどりあそばされましたまま……」

不思議——この道をもどっていったのなら、途中で会わねばならぬはずである。

異状のないことをたしかめて保明が出ていったあと、錠まえの破壊された板戸の前には、ひとりの屈強な若侍が見張り役に立っていた。

怪しいことがうち続いて起こるので、若侍は全身を緊張にはちきらせている。あかりも必要以上にあかあかとともされて、またもし、その男がちょっとでも声をたてればすぐ近くから人が駆けつけてくるだけの手配もとどいていた。

だが、その時——

番士は突然、理由もなしになぜかぎくっとしてあかりのほうを見た。理由はない。ただ、無意識にそうやったのである。しかし、灯は小ゆるぎもなくしんと燃えさかっている。背後の木戸にも、見上げる天井にも、異状はない。

すると、偶然、天井板に一部色の変わっている個所のあるのが若侍の目にとまった。先ごろ、天井にかくれていた仙海が檜の投げた懐剣に傷ついて、その時したたった血によごれた板一枚を、近ごろ取り替えたのである。

（天井裏？）

と、とっさに疑惑がわいてくる。

（けさがた、手分けしてくまなく取り調べた天井裏だ。よもや……とは思うが、なにせ阿弥陀堂のこともある）

じっと凝視しているうちに、気のせいか、過敏になっている若侍の目に、その新しい部分の天井板が、じりじりと虫のはうほどの速さである方角へ、動いている！　てっきりそうと感じて、ぞっとしたが、あやうく人を呼ぼうとした口をおさえてよく見直すと、その時はもう動いていないのだ。

（動くはずはない！　動いていれば、どこかへ板のすきまができてくるはずだ……）

と、思いかえした、が……不思議だ。さらに凝視すると、やはり一定の方角へ、それがじりじり微動をつづけていく、と見えるのである。

もちろん、音もしない。何者の気配すらない。

ただ、目に動いていくと見えるのである。

若侍は全身にあぶら汗を浴びて、身も心もその一点にひきよせられてしまった。

と……夜霧であろうか、物の影であろうか、それとも煙ででもあるのだろうか。あるふすまのすきから、その煙のようなものはいつとはなしに細く淡く漂い流れこんできて、薄紫色にうずをまきながら、しだいに濃さを加えてくる。

番士は天井を凝視しつづけながら、こめかみを手でおさえた。そして、やがて、酒にでも酔ったように二、三歩よろよろっと前へ泳いで、壁へ片手で身をささえる。目だけは、まだまじまじと天井をにらんだまま……

　しんとしている。ただかすかにあえぐ番士の息づかいが響くほかは……と思った瞬間。一つの影法師が部屋の一隅へこつぜんと立っている。中間姿で顔を手ぬぐいに包んでいる。

　まるで、動く一つの幻のように壁を、伝って、足音もないし、吐く息さえ感じられない。

　すばやく、しかし見た目には非常にゆっくりと、壁に手をささえている番士の、すぐ背のうしろをすり抜ける。

　そうして、風のごとく音もなく書庫の中へ身をすべりこませたのは仙海であった。包んだ手ぬぐいの陰からのぞいている両眼は、あたかも呪法《じゅほう》の術中に没入している修験者のそれのように、一点を凝視したまま小ゆるぎもしない無念無想の形相であった。

　同じ歩幅で、同じ速さで、書だなの間をすり抜けていく。檜の柱の前へ立つ。先刻、保明が手をふれたその柱だ。仙海の指先が、それと同じあたりをさぐっていたとおもうと、急にカタンと柱の一部があいた。

　そのうつろの中をかき回していた指が、やがて一冊の書籍をつまみ出してくる。『精撰皇朝銭譜』と、その表の文字を読む。いつぞや保明が、闘花蝶のあとで、疑問の髑髏銭を引き合わせて調べていたときの書物である。

（これだ！）

仙海の目はうなずいたが、しかし毛ほどの動揺も示さない。かれの長い盗賊としての生活が、いかなるものに手をふれても少しも心を動かさぬ経験をつませたのだろう。術が破れ、事を失敗に導くのは、えて目的物に手をふれた瞬間の心の動揺に始まるのである。

それにしても、この男の手口は驚くべき巧みさをもって裏の裏を行くではないか。

（盗賊が錠まえを破るのになぜ爆薬を使ったか？）それは保明にも解けぬなぞであったが、なんぞはからん、それは保明をここへ引きつけて、この書庫における最も大切なものの隠し場所に手をふれさせる、そして仙海の目が、それをどこかのすきからにらんでいる――その目的であったとしか思われぬ。

見よ、仙海は月余にわたって探しあぐんでいた秘本精撰皇朝銭譜を今や手にしっかと握ったではないか。だが、そのとたん、仙海はぴりっと目をふるわせて戸口のほうをふりむいた。

仙海は、壁へ吸いつくように身をよせて、戸口のほうへ目をすえながら、凝然と息を殺していた。木戸のかなたに、突然不遠慮なしわがれた声が起ったからである。

「これはこれは、いったいどうなさいました？」

と、その声が、仙海の術中におちていまだにぼうぜんと天井の一角へ気を吸われている番士へ呼びかけた。

「なにか天井に変わったことでもあるのでございますか？　おや？　妙な煙が立ちこめている。いけませんな、これは。これはどうも、なんとなくむしのすかん色の煙でございますて……」

「や！　赤吉殿か……」

と、はっとわれにかえった番士の声がそれに答える。聞いたようなしわがれ声と思ったが、さては銅座《あかざ》の赤吉であったのか。そういえば、その醜い姿を、けさがたからこの屋敷内にちらちら見かけたことではある。

赤吉は古銭の収集といっしょに能面の収集で名が聞こえていて——というと体裁はいいが、その実さる能役者に貸しつけた高利の金のかたに巻き上げたいくつかの能面が思わぬ金高に右から左へ売れたことから、急にその収集へ興味をもち出した赤吉であった。しかし、幾人そういう人を泣かしたかは知らぬが、今では相当の能面を、しかもなかなかの逸品まで集めていて、柳沢家へ将軍のお成りのあるときには、将軍が病的なくらいその道を好まれていつも能のご所望があるところから、かれもすかさず取り入ってはその自慢の収集を上覧に供えるならいとはなっていたのである。

が、さて、その奸智《かんち》にたけた赤吉が、この時こつぜんとこの部屋へ姿を現すとは、はたして偶然のことであったろうか。

「赤吉殿。奇怪なことがござるのだ。あれ、あの天井板が、動くように見えませんかな？」

「天井板が？　もしもし、木村様。奇怪なことはもっとおそばにございますよ」

「えっ？」

「へへへ……とかく、このごろの鼠《ねずみ》は天井をはいずり回るより、人様のまたの下をくぐって座敷の上をゆうゆうと歩き回りますて……天井裏へ見とれていらっしゃるうちに、ご書庫の中……へへへ……とはまあ、用心にこしたことはないというたとえでございますがね。いや、ご用心、ご用心……」

「うむ。そう聞けば、ふにおちぬ。あの天井板、今にして見れば少しも動いてはおらん。どうも不審だ……」

「あまりにお気をつかいなされたお気疲れからでございましょうな。いや、ご安心なさいまし。こうして新しく錠まえを持ってまいりました。さっそくこの木戸におとりつけいたしましょう。こういたしておけば、もう鼠だろうが坊主だろうが……へへへ……まあさ、たとえば何者だろうと決してかってに出入りはなりませぬて。いや。おまかせくださいまし。こうした手先仕事は至って器用なたちでございましてね」

そのしわがれ声と釘をうちつける音を、仙海は倉の壁へ添ったままじっと聞いていた。

（赤吉め！　おれのここへ忍びこんでいることを百も承知で戸締めにする気だな！　だが、人を呼んで捕らえようともせず、なにゆえそっと戸締めなぞしやがるんだろう？）

「さあ、錠まえがつきました。ご安心なさいまし。もう、いくら天井をご覧になっていらしても心配はございませんよ。鍵《かぎ》はわたしからごぜんへさしあげておきましょう。いや、倉の中はむれましょうな？　ではごめんください」

仙海へ聞こえよがしにしゃべっているとしか思えぬ赤吉のげびたしわがれ声が、やがて足音といっしょに遠ざかってしまう。

その時、仙海ははじめて壁をはなれて、そっと木戸のそばまで歩みよった。

そこに丸めた小さな紙玉が落ちている。赤吉が立ち去ると見えた直前に、木戸のすきまから中へころげ落ちて来た紙玉なのである。

仙海が拾い上げてしわをのばしながらひろげてみると——はたして。

念仏の親方さん
おまえさんにゃ借りがあったな
利息をつけて返さにゃなるまいが、
ものは相談、慈悲をかけてもいいいって話
望みは、お手にある、髑髏銭二枚
それから、精撰皇朝銭譜
きのどくだが、
暑さのみぎり　以上
赤　吉
なお、商談手打ちなら板戸のすきまから合図に紙こより一本、しかるべく

(そうか、やろう！)

仙海の顔に不敵な笑いがうかんできた。

（おれのやり口をかぎつけながら、大声たてて人を呼ばなかったのは、ほかにほしいものがあったからだ。小僧。うまく計りやがったな！　それにしても……）

仙海は外の気配に耳をかたむけながら、そろりそろりと書庫の中を歩きはじめた。

（それでおれのほうも一息つけるってもの。やろう、うかつにゃあ人を呼ぶめえ。その間にゆっくりと一思案つかまつろうかい）

仙海は書庫の中をしげしげ見回した。

小窓が高いところに二つあるきり――それも太い鉄格子がはまっていて、そのうえ厚い戸がしめきってある。四方の壁はちょっとやそっとでは穴もあかない硬い石壁だ。

（どうやら、さすがの仙十郎も、術の施しようがねえって次第かな）

銭箱の上へ腰をおろすと、この不敵な男は、まるで自分の家にあるときのような気楽さで莨入れを引き抜いた。

しかし、一服煙管《きせる》へつめようとして、

（ああ！　三四郎さんは？）

自分のことにばかりかまけて忘れていたその人の身の上へとふと気がつく。

（どうしなさったろう？　それから、お小夜さんは？　なんだか急に胸騒ぎがしてきやがった。おれの助けを待っていなさるんじゃねえだろうかな？）

仙海はおもわず煙管を口から離して立ち上がった。くちびるをかたくかんで、いらいらと歩き回っていたが、やがて、

（ええッくそッ！　あせったってどうなるもんか。おい、仙十郎！　坊主！　てめえはてめえらしくしっかりしろ！　寝るんだ！　休むんだ。万事はそれからにしろ！）

銭箱と銭箱との間へごろっと横になったとおもうと、寝返りの一つ二つ——まもなく深い寝息が聞こえてきた。

将軍綱吉はお小夜をあずまやへ残したまま笛を取りにお成り屋のほうへもどりかけていた。

酔余の興にのったものとはいえ、その夜の綱吉のお小夜に対する恋着のほどは、いささか狂気じみていたとでもいおうか。

ひとりの扈従《こじゅう》をも伴わず、というよりはうるさいそば人を出し抜いてただひとり、お小夜の手を引きながら月の庭へさまよい出たうえに、この四十七歳になる将軍が恋歌の一曲をお小夜にぜひ聞かせたいと、みずから笛をとりにもどっていくほどの熱心さを示

したのであった。

道が築山をめぐって暗い木立ちのかげにはいる。

そこまで来たとき、綱吉は足をとめて前方をすかして見た。闇の中にきらっと光って目を射たものがあったからである。目をこらすと——

それは道をいっぱいにふさいでぬっと立ちはだかっている人の影であった。光ったのは、その男の腰に帯びている太刀のつか飾りの金具らしい。

「だれか?」

綱吉はだれか自分を呼びにきたものと思って、別に怪しみもせず、しかし、その棒立ちになっている無作法さをしかるように、

「用か?」

ちらちらと木の間をもれる月影を肩先に浴びながら、その男はまだ黙々と立ったままだ。

「だれか、出羽の手の者か?」

綱吉の声は突然怒りをふくんでかんだかくなる。

相手の影は、ようやくかすかに動いて、

「綱吉公と承知つかまつりまする」

そう低い声で言いながら、一歩しりぞいて軽く頭を下げた。

「なにッ」

なに用あるかは知らねど、道路へ立ちふさがるさえ無礼であるに、将軍たる自分へその呼びかけ方の気ぐらいの高さ。三家でもそうは呼ばぬ……と思うと、威厳の保持ということに極度に敏感な綱吉は、もうかっとなって、

「なにやつか？　出羽の家臣か？　名を申せ！」

次第によったら斬《き》っても捨てかねまじき剣幕である。それに答える声はあくまで静かに、

「てまえ姓名の儀は、神奈三四郎。一介の素浪人でござりまする」

「む？　浪人？」

綱吉にはあまりに意外すぎて、すぐには浪人という意味がはっきり頭へこなかったらしい。

「お待ち申し上げておりました。お耳に入れたきことがござりまして……」

「訴えごとか？」

「いささか……」

「聞かぬ！　筋をへて上申せい！」

「いや。必ずお聞きあそばしませ」

「ええ、くどい。素浪人が……目どおりかなわぬ！　余を、余をだれと思うかッ！」

「されば、綱吉公と存じお耳を拝借つかまつりまする。それとも本意なき儀ながら、この場を去らずご一命頂戴に及びましょうや？」

「ええ、無礼者ッ！」

綱吉が目じりをつり上げて叫んだとき、お成り屋のほうから綱吉のゆくえを尋ねるらしい保明たちの足音が聞こえて来た。と、おもうと、

「ごめん！」

地をけった影法師が、あっという暇もなく綱吉の上へ乗りかかってきた。

通路をはずれてすぐのところに、濃い植え込みの陰があった。三四郎は綱吉をおさえつけるようにしてそこまで連れ込んでから、そっと手をはなした。綱吉は口もきけないくらい、忿怒にわなわな手足をふるわせていた。

かりにも将軍ともあるものが、あとにも先にも、こういう手荒い扱いをうけたことは

絶えてあるまい。だが、不思議なことに、すぐ近くの道を保明たちが駆け通っていったときも、綱吉は声をあげてそれを呼ぼうとはしなかった。

怒りは怒りとして、その間に、ふっと一種異様な、興味に似たものを、その曲者の言動に感じたのである。

「十有余年の宿願がこのいちじにはてまする。いや、このいっときをうるために一命をさえかけましたる熱意をおくみとりくださいませ」

三四郎は静かに言う。一語々々に熱を含んで、相手の心にしみ渡るような熱があったが、しかし少しも威嚇の調子を含んではいなかった。

「お聞きくださりませ。神奈三四郎とはかりの名、実を申さば、駿河《するが》大納言忠長卿《ただながきょう》の……」

「なにッ?」

「……末にて、徳川三四郎忠房《ただふさ》……」

「なに、なにッ?」

綱吉は思わず二、三歩つめよって叫んだ。

「忠長の末じゃと?　たわけなッ!」

「いや。ご不審をはらすに足る証拠もございまする。証人も生存いたしおりまする。なれど……」

「待て！　聞きずてならん。その証拠を見せい！　証人とやらを出せ！」

「お安いこと……お望みならばいつにてもご上覧にお供えつかまつりましょう。さりながら、こよいはそのあかしを立てるが本意ではございませぬ。おじうえ！」

おじうえ、と呼んだ三四郎の声音の鋭さに、綱吉はぎくっとしたままその顔を見直した。

「ご承知であられましょうな？　大猷院様《だいゆういんさま》（家光）徳川三代の御代《みよ》をつがせたまいしも、露骨な言いようなれどご人望なく、天下を治むるの器にあらずとの風聞高く、むしろ御弟君忠長卿をもって大猷院様に代わらしむべしとの説広く行われるに及び……」

「言うなッ！」

「……天下を治におくの口実をもって、大猷院様おんみずからの御指揮をもって、骨肉のご実弟忠長卿に無実無根の罪を負わせ……」

「ええ、言うなッ！　言うなッ！」

「悲惨目をおおわしむるていの死を遂げさせられましたこと、いかに隠しおかれようと、既にあまねく知れ渡っておることにござります。なによりの証拠には、いまだご柳営にて忠長卿のご亡霊になやまされるをきらって常々ご加持祈禱《きとう》をおこたらぬと申すではござりませぬか」

「これ、三四郎とやら。いまさらに遠き昔の大猷院様のいたされ方をとやかく申し、そのうえ、なにをし、なにを望む気か？」

「遠き昔のことといえども、その血を引く者の身内に無念の怒気は消えやりませぬ」

「よし！　この綱吉を、大猷院様御血をひく者とし、敵と、かたきと、呼ぶ気であるな？」

「あるいは……」

と、相手の目をじっと見かえしながら微笑した三四郎の姿は、争えぬ、明らかに忠長卿の血をこそ引くのであろう、天下の将軍綱吉と対峙《たいじ》して寸歩もひかぬ剛毅《ごうき》さに見えた。

「祖父忠長卿のご無念さを思っては、大猷院様既に亡きうえはその御血筋——すなわちおじうえを怨敵《おんてき》のひとりともくして、夢にねた刃をとぎすましたことも、かつて幾度ござりましたろうか……さりながら、今にしてこの三四郎の望むところは、さようなわたくしの狭い世界のうらみではございませぬ」

訴えるのでもない。嘆くのでもない。ましてたけりたつのでもないが、その流れるような語気の間に、相手の胸を貫きとおさねばやまない鋭いはげしいものが感じられた。

綱吉はむっと押しだまって相手の顔を凝視している。いちじ、かっと燃え上がった忿怒が、その語気の中にひき入れられるようにしずまってくると、やがてその傍若無人な若者にかすかに興味をさえ覚えはじめた様子であった。

（はたして、こやつ忠長の孫というはまことであろうか？）

綱吉の疑惑はそこにある。いかなる理由があったにせよ、家光が実弟忠長を死にいたらしめたやり口は残忍酷薄目をおおわしむるものがあって、それだけに、家光の愛妾《あいしょう》で綱吉の生母である桂昌院《けいしょういん》なども、因果応報ということを人一倍恐ろしがって、いまだに忠長の怨霊退散の祈禱をかかさずにやっていることはほんとうであるし、かつて忠長の子孫が生存しているといううわさの立ったときには、いち早く尋ね出して厚く恩恵を施そうとしたこともあった。その時はその子孫のゆくえはついに知れずにしまったが、

（もしこやつがまことに忠長の孫というならば、無礼は無礼として、相当の恩恵を施し

てやらずばなるまい)

親孝行であり、また人道主義を標榜する綱吉は、母のためにもまた自分のためにもそうする必要があると考えるのだった。

「三四郎とやら。ただ単なる祖父の怨念をはらす目的でないと申すのじゃな? しからば申せ。望むところを……」

そう言った綱吉の声は、さすがに冷静にかえって重々しく響いた。

「ご無礼をもかえりみず借問つかまつりまする。骨肉の弟忠長卿を大猷院様が理由なきところに理由をつけ、罪なきところに罪をつくって死におとし入れられましたる次第を承りとう存じまする」

「古きことをいまさらに申すな。なにごとも天下のためであったと思え」

「天下のため? さよう、歴史を説くほどのもの、みなその一語をもって理由といたしおりまする。さりながら、天下のためとは、そもいかなる意味にござりましょうや?」

「なに?」

「天下のためとは、この日本国のためとの意にござりましょうや、それとも、徳川家のためとの意にござりましょうや?」

「な、なにッ?」

綱吉の眉がぴりっと震える。

三四郎の姿は心憎いばかり静かであった。

庭のかなたで綱吉を捜している保明の声が聞こえる。綱吉はその声へ耳を澄ますようなかたちで、気むずかしく口をつぐんでいたが——

やがて、

「徳川のためはすなわち日本国のためじゃ。徳川が天下を鎮撫《ちんぶ》する、すなわち日本国を万代の安きにおく意にほかならぬわ」

と、三四郎を見おろすようにぐっと肩をそびやかした。

「いかさま、戦火に荒廃せる天下を鎮撫してあまねく文政をしき、国土国民の上に平和の希望をもたらせましたことは明らかに徳川御家の大業功績にござりましょう。その時代にあってこそ、徳川のためはすなわち日本国のためなる辞句もあい許されましょうが、世は三代、大猷院様の時代となって、なおその辞句の使用が許されましょうや。いや、祖父忠長の死が徳川のため、大猷院様のためにのみ計られたものと思考いたすは、てまえのひがみでござりましょうか?」

「待て！　そのほうは知らぬ。その時代は天下に野心ある徒輩がきばをかくして伏しておったころじゃ。徳川の御家がゆらぐことはやがて天下動揺の原因となるおそれがあった。しからば忠長卿の死が徳川のためであらば、おのずと天下のためともなったものであろうぞ」

「仰せらるることまことであらば、私怨のごとき胸をえぐってても取り捨てましょう。しからば、徳川の御家は、天下のためにのみあるのでござりまするか？」

「…………」

三四郎の鋭く輝く目の中を、綱吉はじろっと見かえした。

「ご無礼ながら、重ねてお尋ねつかまつりまする。徳川の御家は天下のためにのみあるのでござりまするな？」

「申すないまさら！　徳川の御家が一日いっときたりとも天下を忘れ、天下のふためをはかりしことがあるかッ？」

綱吉の顔に、一度しずまった忿怒の火がまた燃え上がってきた。

「おう！　さてこそ、我が意を得たおことばにござります。しからば……てまえ考えまするに、世はすでに太平になずみ、徳川の御家をまつの必要を認めぬまでにたちいたりましたかと……」

「なにッ？」

「今こそ大権を、京都なる大君に御返納申すときにござりましょう」

綱吉は愕然として、

「だ、黙れッ！」

「天下のため、天下のため……徳川歴代のかたたちが口々に申さるるその辞句を、つきつめて考えますれば、当然そこにいたらねばなりませぬ。もはや、目前の美酒に酔って天下の大道を没却すべきときではござりませぬ。てまえ、徳川の血を引くものとして、あえて申し上げまする。かくてこそ、祖父の死も徒死とはなりますまい。もし、ご同意なきときは……」

「えいっ、黙れッ！」

綱吉はついに大声をあげて叱咤《しった》した。

「無礼なやつ！　出羽はおらぬかッ！　備後はおらぬかッ！」

その声を聞いてにわかに色めきたちながらこっちへ駆けよってくる乱れた足音が聞こえた。

「おじうえ！」

三四郎は左手で大刀のつかがしらをぐっとにぎりしめながら微笑した。

「距離にして五尺。抜き討ちに手ごろのへだたりでござりまするなあ。私怨を含んで御首を一気にあげるはたやすいことながら、ご一考を待ち上げまする。次にお目どおりかないまするそのおりまで……」

言いおわると、軽く頭を下げて、それから、すでに間近にまで迫ってきた足音へ、じろっと闇をすかして一瞥をなげながら、次の瞬間脱兎のように走りだしていた。

三四郎は陰から陰を伝って走っていく。追っ手はすぐ背後にせまっている。植え込みをくぐって、ようやく塀の下まで駆けつけた。

（はてな？）

三四郎は塀について走りながら、眉をしかめた。時刻をはかって、仙海がそのあたりになわばしごをたらしておいてくれる約束になっていたのである。だが、なわばしごがかかっているはずはない。そのころ仙海は、赤吉の奸策《かんさく》におちて書庫の中へとじこめられてしまっていたのだから……三四郎はむなしく塀をまわって走っていたが、

（これはいかん！　へたをすると前後を囲まれてしまう……）

そう感づくと、とたんに方向を転じて森の中へ走りこんでいった。森の出はずれに一軒の屋敷があって、道はそこで行きづまっている。

三四郎はくちびるをかんで追っ手の足音へ耳を向けた。二、三十人いるらしい。もうすぐ間近まで迫っていてとうてい引きかえす余裕はありそうにもない。三四郎は窮したように、ついに意を決して、あけ放しになっているその広縁へそっとあがった。あかり障子にほかげがちらちらまたたいているばかりで、まるで屋敷じゅう人の気配がないように、しんとしずまりかえっている。

三四郎が足音を忍ばせて広縁を向こうへ渡ろうとした時、突然、その目の前で、障子がするりとあいた。はっ！　と息をのんで棒立ちになった三四郎の鼻先へ、

「神奈殿！」

忍びやかな、しかしなにか激情をおし殺してでもいるような、女の声であった。

「こちらへ、はよう……」

三四郎はそのもうろうと立った女の影法師へ凝視をなげていたが、

「はよう！　三四郎殿……」

重ねて、そううながした声に、今はためらう暇もなくするっと身をすべりこませた。

た。

「こちらへ……」

と、女の影は手まねきして、上座近くたて回したびょうぶの陰へ三四郎をすわらせた。

「あっ！　檜様……」

三四郎が、はじめてその女の顔を見て、おもわずかすかに声をあげた。

ほかげにあお白く沈んでいた檜のほおへ、突然さっと紅がさす。檜はなにか言おうとして三四郎の顔を見たが、すぐまぶしそうにまぶたを伏せて、そのままなにも言わず立ち上がった。

開きかけたままになっている障子のところまでもどってくると、檜はそこをふさぐようにに立ちどまった。ちょうどそこへ、ドドド……となだれよってきた追っ手の足音が、

「これは、檜様……」

その姿を見ると、さすがにわめきたてる声は急にしずまったが、

「申し上げまする。ただいまこちらへ……」

檜は黙ってあらぬほうへ目をやっている。

「曲者が……怪しき浪人体のやつが、逃げこんで参りましたはずにござりまするが

……」

檜はまだ黙っている。

「ここまで来て、突然姿が消えましたは、もしや、お屋形うちへでも？」

「騒がしいのう。黙りゃ！」

檜の声がいらいらとかんばしった。

「そうぞうしい！　なにをうろうろ立ち騒ぐのじゃ？」

「されば、上様に対しゆゆしい無礼をはたらきましたる曲者が……」

「上様に？」

と、一瞬、愕然と眉をつって鋭く問いかえしたが、すぐ、

「いや……」

小さくかぶりを振って、目を閉じた。

「見かけなんだ。それらしい影さえ見かけはせなんだ。わらわはさきほどよりここにおりましたに、不思議なことよのう……」

「お見かけあそばされませぬと？　そりゃ不思議千万……」

と、互いに顔を見合わせたが、

「不敵な曲者のこと、あるいは目をかすめてお屋形うちへまぎれこみしやもしれませぬ。一応、お屋形うちを……」

気早に縁先へ上がろうとするひとりを、

「待ちや」

檜の声は、突きもどすようにはげしかった。

「わらわの許しのうて、なにゆえ縁先へ足をかける！」

「なれど、檜様……」

「くどい！」

森のこずえにかかっているおぼろ月へ視線をやったまま、檜はむっと口をつぐんだ。

その、かんしゃくにふるえているような檜の顔を仰ぐと、侍たちは途方にくれたが、

「あれほど仰せあるところを見ると……こっちへ逃げこんだと見たは見あやまりかもしれんぞ。そこからかなたへそれたのではないか？」

「そうだ。そういえばありそうなことだ」

「よし！　そちらを捜せ。遠く行くはずはない！」

うなずき合うと、

「お騒がせ申しご無礼つかまつりました」

言いすてて横の方角へ走り去っていった。

檜はまだ黙々と月を仰いだまま立っている。

しかし、その耳はじっと足音の遠ざかるのを追っていたらしい。それが耳の底から全く消えさってしまうと、突然身をひるがえして、部屋の中へはいった。

「神奈殿。追っ手はいちじ去りましたなれど、ここも安全の場所ではござりませぬ。はよう、お逃げあそばさねばなりませぬ」

そういう檜の顔を、三四郎はげしかねるふうにまじまじと見かえした。

（この女が、自分を助けようとしている！）

試合に敗れたことをあれほどに怒って、毒まで盛り、逃げようとすれば鉄砲で狙撃《そげき》させした檜が――と三四郎は思うのである。

その心の動きは、すぐ檜の胸へぴんと響いてきた。

「三四郎殿……」

と、ややせきこんで言いかけたまま、おのずとつむりはうなだれてくる。

「お怪我《けが》は、その後？」

あえぐようにそう言った檜の声は、あの、四尺の大剣を宙に振って男性を叱咤《しった》する同じ人の声とは思われぬほど低く弱々しかった。

「怪我？」

「おみ足のたま傷から、ひどうお苦しみあそばされたと、風のたよりに伺い、檜は……」

檜の姿をいぶかしげに凝視していた三四郎のひとみが、やがて明るくほつれてきた。

（檜がみどもをかばおうとしている……）

不思議なことだが、三四郎は、檜の全身からあふれるような誠意をうけとった。

「さいわい、足のたま傷もご覧のように快癒いたしました」

と、三四郎は足踏みしてみせた。

「ああ、それで……せめても、檜の胸はいくらか明るうなりました。お身さまは、さだめしこの檜を、ひきょう横暴なおなごと憎んでおいででござりましたろうなあ！」

三四郎は黙って苦笑した。

「わらわは、日夜、その申しわけなさに苦しみとおしておりました。この檜のいどんだ勝負に、正しくお勝ちなされたお身さまを、わらわのわがまま傲慢《ごうまん》から……考えれば、ほとほとこの身にあいそうがつきるのでござりまする……」

檜の声はしだいに低くかすれてくる。

三四郎には、だんだんに、檜のわびようとしている気持ちがわかってきた。

と、檜は急に顔をきっとこわばらせて、

「あ！　こうしてはおられませぬ。むだな繰り言を申しておる時ではござりませぬ。いっときも猶予はならぬのです。神奈殿。お逃げくださりませ。さ、そこまでご案内申しましょう」

言いながら、さすがに常の檜らしく、さっと立ち上がって歩きだした。三四郎もちゅうちょなくそのあとへ続く。

部屋を抜けて、思わぬほうの、縁先から庭へおりた。檜が選んだだけあって、このあたりにはまだ手は回っていないらしく、森もくさむらもひっそりとしていた。

檜が男のような早足で木下闇《このした》をさっさっとくぐり抜けていく。やがて、塀につき当たったとおもうと思いももうけぬところに草にうもれたくぐり戸があらわれた。

檜がまずその戸口から外をのぞいてみて、

「神奈殿……」

と小声にうながした。

くぐり戸の外はどこかの屋敷との塀境とみえて、やっと人がからだを横にして通れるほどの雑草にうもれたあき地になっていた。

「ここを右へおいであそばすと、お堀ばたに出ます。おそらくはこの道へ気づいた者はござりますすまい。お気をつけあそばして……」

「かたじけのうございました。お志、肝に銘じまして……」

三四郎はことば少なく、しかし、これまでのことをさらりと忘れ去ったように心から言って、すばやくそこから抜け出した。

（ああ！　三四郎殿……）

檜はおもわずそう口に出して叫ぼうとして、あやうくくちびるをかみしめた。くぐり戸によりかかったまま、三四郎の消え去った方角をぼうぜんと見送っている。まるで、うつろに、魂の抜け去った人のように……

戸口へからだをささえている手が、かすかに震えだす。顔色は死人のように血のけを失っている……突然、せきにせいていた激情がおさえきれず爆発したように、全身がわなわなとおののきはじめた。

（ああ！　三四郎殿！　三四郎殿！）

目じりがきらっとつり上がったとおもうと、

「三四郎殿！　待ってくだされ！　檜も参りまする！　三四郎殿！　檜も……」

ついに、叫んで狂ったように檜は走りだした。

ねたみ心

お小夜は身をすくめて庭に立っていた。

ただならぬざわめきがあちこちを右往左往している。その足音が高まるたびに、せんりつが足のつま先から胃の腑《ふ》の奥にまでつき上げるように伝わってくるのだ。

（三四郎様だ！　三四郎様のお身に、なにかしら恐ろしいできごとが起こったのだ！）

いかなる目的をもって三四郎がここへ忍び入ったか知る由もないお小夜ではあったが、人々の叫び声に追われている人が三四郎だと知ると、かえって事情が知れないだけに深い恐怖におそわれて、ただもうご無事でおのがれあそばすようにと、心に祈るばかりであった。

だが、まもなく、そのざわめきはしずまってきた。お小夜の立っている間近をすごすごと引き上げていく番士から、曲者を取り逃がした無念さと、その姿の消えうせ方の不思議さを嘆ずる声がもれてくると、お小夜ははじめて、

（まあ！　よかった。それでは三四郎様はご無事にお逃げなすったのであろう……）

と、蘇生《そせい》の思いでおもわずほっと吐息をついた。そして、同時に、

（わたしも逃げよう……）

ふっとそういう考えが胸をかすめた。

これまで、運命に身をゆだねきって、悪あがき一つしなかったお小夜である。しかし、今、三四郎の気配を身近に感じると、静かであった胸がにわかにはげしくおどりはじめて、なにものをなげうっても、ただ一筋にその人のあとを追っていきたい衝動にかられてきた。

「お小夜殿……お小夜殿はどこにおられる？」

遠くで呼んでいる声が聞こえる。三四郎の騒ぎがしずまると、急に、姿を見せぬお小夜のことに気がついたのであろう。

「お小夜殿！　お小夜殿……」

こしもとや番士の入りまじった声が、あちこち、物陰をくぐって尋ね回っている。そ

の一組は二度三度お小夜のかくれているすぐ鼻先をすり抜けていったが、ついにその姿には目がとどかずにしまった。お小夜は、ひたすら三四郎の姿をひとみに描きながら、今にも走りだしたい衝動におどる胸をじっとおさえて、いつまでもそこにたたずんだままでいた。

長いこと続いたお小夜を呼ぶ声も、やがてあきらめたようにいつかとだえてしまう。ものものしく護衛せられた綱吉の乗り物も、足音をひそめてこの屋敷から出ていったらしい。綱吉はさだめて不機嫌であったのだろう。ご帰館後の柳沢邸は喪についた家のように、陰気にひっそり沈んでしまった。

門を閉じる。灯が消える。ふけた空に月が傾いて、しみ入るように庭一面に虫の声がひろがる。

と——お小夜は、呪縛《じゅばく》をとかれたようにそっと足を踏みだした。そこには高い土塀がある。しかし、三四郎を思って全身に血をたぎらせたお小夜は、女の身に余るその高さを、けんめいの努力を傾けて、ついに越えた。

外は、塀からすぐ堀へ続いている。お小夜は星影にきらめいている水面をちらっと見てそのひとみをとじた。続いて、あたりをはばかるような水音が……。

「もしねえさん……」

少し酔っている声である。

「おや？　逃げなくたって、いいじゃありませんか？　おや、ひどく濡れていなさいますね」

あき駕籠《かご》をかついだ駕籠屋ふたり、なれなれしく近寄ってくるのへ、お小夜はちょっと逃げかけた足を、かえって怪しまれることを恐れて、そのまま立ちどまった。

駕籠屋が怪しむのも道理、全身びっしょり濡れている。堀を泳ぎ渡って、やっとここまでのがれてきたが、どうにも足にからみついてかなわぬ濡れしょびれたすそを、今、からげて絞っているところであった。

星あかりにもなまめかしい色の薄物がぴったりからだにはりついて、からげたすそからあお白いはぎが抜け出している。駕籠屋はそのはぎを見て、それからちらっと目を見合わせた。

これは商売になるぞ、というように……

「どうしなさいました？　水たまりへでもころがりなすったのかね？　お気のどくにま

あ……お宅はどこですかえ?」

お小夜は相手にならず、黙ってすそを絞りつづけている。

「なんなら、あき駕籠でさあ、お乗りなすっちゃあどうですえ? その姿で、若い娘さんが夜道は人目につくもとですぜ。のう、相棒……」

「そうともそうとも。安くしまさあ、乗っておくんなせえ」

「お金がないのです」

お小夜ははじめて顔をあげた。

「え、金が? ご心配は無用でさあ。金がなくったって、その頭の櫛《くし》一つで、じゅうぶん駕籠代にゃあなります。だいいち、人の災難を見ると黙って素通りのできねえおれたちだ。事と次第によっちゃあ、ただで唐天竺《からてんじく》までもお供しまさあ。さあ、気持ちよく乗っとくんなせえ」

駕籠屋が親切そうに言うとおり、この姿でこの夜ふけ女ひとりの歩く恰好《かっこう》をなんと怪しまれるか、それが気がかりのお小夜であった。ちょっとちゅうちょしながら、

「では、乗せていただきましょう。たんとお礼はできないかもしれませんが……浅草の向柳原まで願います」

「がってんだ」

お小夜が乗るやいなや、気ぜわしげにあがった駕籠の上で、駕籠かきの目が互いに見かわしながら意味ありげににやっと笑った。

お小夜はそれに気がつかぬ。気がつけば用心もしたであろうに、その心はただ一筋に三四郎の上に走っていた。

（養信寺店のお住まい……あのたくさんのご本……）

まだそこに三四郎が住まいしているとばかり信じているお小夜には、三四郎の幻といっしょに、それらの思い出が涙のようになつかしくにじみ出てくるのであった。

しかし、向柳原へ行くならここらで橋を向こうへ渡らねばならない。ところが、駕籠が柳原の荒涼たる土手に沿って、寂しいほうへ寂しいほうへといっさんに走っていった。

やがて、どしんと駕籠がおりる。

その気配で、お小夜はさすがに武士の娘らしく、はっと心を引きしめて身構えした。

「おい、ねえさん……」

呼び方まで、がらりと変えた駕籠屋の声。

そこは、柳原の土手の中でも、よくつじ斬《ぎ》りなどの出るごく寂しいあたりであった。

「もう向柳原へつきましたのか？」

駕籠からすっと抜け出して、お小夜は身構えながら駕籠屋の顔をじっとねめつけた。

「ほっ。おつに澄ましてやがる。ここはのう、柳原は柳原でも、首くくりとつじ斬りで有名な、泣いたってわめいたってめったに人の来ねえ寂しいところさ。と聞いたら、おれたちの正体はおおよそ知れたろう。のう、ねえさん。おとなしくしなよ」

「さては、追はぎか？　お金のないことはさきほどより申し聞かしてあるではないか」

「金はなくったって、裸にむきゃあ、その小袖だけだって一杯のめるとにらんでるんだ。だいいち、むいた中身がよ」

「へへへ……ちげえねえ。おい、ねえさん……」

とすりよってくるひとりへ、

「無礼者ッ！」

「あ痛てて……畜生ッ！　ばかに生きのいいしろものだ」

「やい、女！　じたばたするないッ！　この夜ふけ、内堀近いあのへんへ、濡れねずみでの女が立ってましたと、申し出るところへ申し出てやろうか、たたきゃあさだめし大きなほこりの舞いたつ女とにらんでいるんだ。畜生ッ！　静かにしろッ！」

ひとりが女とあなどって大手をひろげて襲いかかってきた。お小夜は棒鼻にかかっていたちょうちんを、取り上げるより早くその顔へ——

「わっ！　畜生ッ！」

顔をおさえて、一度飛びのいた駕籠かきは、次の瞬間、狂った野獣のように猛然と地をけっておどり上がった。

「寄るまい！　無礼者ッ！」

いつの間にか置きはなしになっていた息づえを両手にとってかまえたお小夜は、その男の肩口めがけてさっとないだ。

「う！」

手ごたえといっしょに、つえがむなしく二つに折れる。

「この、女《あま》ッ！」

そのすきにすばやくすりよってきたもうひとりがお小夜をつかもうとする。お小夜は小手をふって飛びすさろうとしたが、おりあしくも、濡れたすそが足にからんで、深いくさむらの中へ男のからだを背負ったままどっと倒れた。

同時に、ぴたっと虫の声がやむ。

男と女の荒々しく吐く息が、

「この女ッ！　てこずらせやがる！　この細っこい腕をしやあがって……どうだ、もう……」

夜はふけているし、お小夜のために人の通りかかるべき望みもなかった。暗いくさむらの中にお小夜のあえぐ息と、男の毒づく声ばかりが、ひどく生々しくもつれ合う。

すると、突然、思いもかけぬ場所から、思いもかけぬ女の声が、

「騒がしいやい、ばかやろう」

あまりに突然だったので、駕籠かきどもはぎょっとして飛び起きた。その声のしたほうをすかして見ると、女の影が……

「人の寝ているまくらもとで、よせやい！　妙にいちゃいちゃしやがるのは……」

土手のすぐ向こう裏——思いもかけぬくさむらから、むっくり起き上がると伸びを一つ……

「なんでえ。弱い者いたぶりの雲助どもかい……　へん！　おもしろくもねえ」
気をのまれて、ただもうあぜんと棒立ちになっているふたりの前へ、ひどく酔ってい
るのであろう、髪も着つけもだらしなく乱れて、よろよろよろけながら近よってきたの
は、変わった姿の十六夜のお銀であった。
あの夜、銭鬼灯の暴力に屈してから、お銀の性格はがらりと変わりはててしまった。
三四郎によって、生まれてはじめて恋というものを知って、けなげにどろ沼から足を
洗って立ち直ろうとしたお銀に、そのできごとはあまりに大きな衝動であったのであろ
う。悪の道にひたりながらも、ただ一つ誇りとしていた純潔さを失って、再び三四郎に
まみえる希望も捨て去らねばならなかったお銀の、その後の生活はどうであったろう
か？
（憎い！　あいつ！　銭鬼灯め！）
あけても暮れてもその男の暴力をのろわぬ時はない。それならば、なにゆえその男
に、お銀らしく憤怒《ふんぬ》の一撃を加えてやらないのか。
（でも、あいつ、あの畜生も……あたしと同じように人の愛に飢えたかわいそうなやつ
なんだ……）と、どうしたはずみにかふっと心のすみに思うことがある。それはお銀自

身にもわからぬ予盾した心の動きであった。たまらぬ寂しさが、お銀を泥酔に誘いこんで、酒の持っている凶暴さの中に、やっと忘我の息をついていくお銀であった。今もこの土手へ、酔いつぶれて正体もなく寝こんでいたのであろう。

ふーっと酒臭い息をふいて、

「やい、でくの坊！　なにをぼやぼや突っ立っていやあがるんだ！」

「なんだ、てめえは？」

駕籠かきどもは、やっと元気をとりもどして肩をいからした。

「おや？　あたしのつらをご存じないのかい？　さては、お若いの、あにい、あんちゃん、おまえたち、もぐりだね！」

「な、なんだと！　おおふうなことをぬかしやがる！」

「じたばたおしでないってことさ」

言うより早く、男たちの足もとへ星あかりにもきらっと光って小判が三枚舞い落ちてきた。

「消えちまいなよ。ばかやろう！」

「あ、小判！」

あわてて拾い上げて、あきれたようにお銀の顔を見やっている男たちをまるで黙殺したように恐れげもなくひょろひょろと近よってきたとおもうと、起き上がって、いずまいを直しているお小夜のほうをのぞきこむようにして、

「おやおや、おまえさん。濡れてるね。どうおしなの？　あまり夜遊びがすぎるから、こんなめに会うんだよ。かわいそうに……」

しゃべりかけていた口がふっと止まる。上げたお小夜の顔へ、お銀の酔眼がじっととまった。しげしげと見つめて、

「おや！　おまえ……お小夜さんじゃあ……」

言われてお小夜もけげんそうに見返った。

「あ！　あなたは？」

お銀――と気がついて、はっと立ち直ったお小夜の目に、お銀の表情がみるみるあお白くこわばっていくのが感じられた。

「お、おまえさん！」

激情をやっとおさえて血の出るほどかみしめたくちびるがわなわな震えている。

（畜生ッ！）

酒に血走った目へ、ことさらにめらめらと嫉妬のほのおが燃え上がってくる。

（あたしがこんなみじめになっているのに、この女は、こいつは三四郎さんと……）

お小夜の美しい姿を見ると、お銀はいまさらのように絶望のまっただ中へつきのめされて、救いようもないはげしいねたみ心に目もくらむばかりであった。

「小夜さん。おまえさんはきりょうよしさ。お上品だよ。さぞ、神奈様がかわいがってくださるだろうねえ？」

「…………」

「おや、驚いたの。あたしゃ、みんな知ってるんだ。おまえさん、神奈様と……神奈様と……ふん。お澄ましでないよ、お嬢さん、色女、畜生！　あたしのみじめな恰好を笑ってやがるのかい。どうせ、あたしは……」

毒づいているうちに、お銀の胸に、

（この女のなにもかもめちゃめちゃにしてしまってやりたい……）と、ふと悪魔的な考えがわき上がってきた。

「おい！　お嬢さん、上品ぶってみな。このお銀をけいべつしてみな、お嬢さん。こうなりゃ腕ずくだ……」

　お銀は物狂わしげに首をふりたてた。

「駕籠屋。こいつをおまえたちで料理してみな。好きなように泣かしてみなっていうんだよ、あたしの前で……」

「じゃあ、ねえさん。この娘をあっしらで？」

　と、それまであっけにとられてそばに棒立ちになっていた駕籠かきが顔を見合わせた。

「とんま！　ぐずぐずするないッ！　早く音《ね》をあげさせてみろってんだよ。いや、お待ち」

「え？」

「ふん縛れ。あたしも手を貸す。駕籠へおしこむんだ。十両くれてやる……」

「へ！　十両？」

「ほんまか、ねえさん！」

　どんらんな目を光らせた駕籠かきふたりは、にわかに活気づいて、それっとばかりお小夜の左右をとりかこんだ。

それまで、柳の幹に身をよりかけて黙々と身構えていたお小夜。だが、気だけは張っているが、さっき倒れたとき打った脾腹《ひばら》が息も絶えそうに痛んで、こうして立っているのさえ目まいがしそうに苦痛なのである。

勢いこんで、おどりかかってきたひとりを、一度はからくも身をかわして避けはしたが……

「ええ、じれったいねえ！」

お銀が足踏みした。お小夜のよろめく姿が見えた。

「ううう……」

うめいて、のめる。折り重なってくさむらの底に沈んだ男女の影を、お銀の目がかっと見開いてにらんでいた。やがて、

「ああ、ほねをおらせやがる……」

立ち上がった駕籠屋へ、お銀の声が、

「ふんじばったら、駕籠へおしこみな。それからあたしのあとへついてくるんだ。お小夜坊。嫁入り先はちと遠いんだよ。しんぼうしな」

赤坂の見附に近く——このあたりでその屋敷を銅金《あかがね》御殿と呼びならわしている。何様の御屋敷かと思えば、それは、銅座の赤吉の住まいであった。その表門を、お銀は破れそうにはげしく叩きつづけた。

「あけろ！　あけなってば！　花嫁さまのおこし入れだよ。あたしの声がわからないのか？　おい、赤吉の旦那！　大将！」

「待て待て、今あける。あけぬとどんな悪口をわめかれるかもしれんからの」

若い者に灯をもたせた赤吉が、みずから門のくぐり戸を開けた。

「花嫁だと？　ほほう。そりゃまた耳よりな先触れだの。おや、駕籠で、こりゃまた、すべて本式だわい。けっこうけっこう……」

門をくぐった駕籠は式台の前へどんとおろされた。はずみにころがり出たがんじがらめのお小夜の姿に、

「お、こりゃあ！」

と、一度みはった赤吉の目が白い豊かな皮膚へくいこんでいるなわめのくびれへそそがれたまま、しだいに細くなっていったとおもうと、

「あられもない、乱れ姿というやつじゃな、ふふふ……」

「お気に入りかい、銅座のだんな？」

「お気に入りとも、お気に入りとも……だがまさか息の根が止まっているわけではあるまいな？」

と、お小夜の肩へ手をかけてあおむけに引き起こしながらその顔をのぞきこんだが、

「あっ！」

さすがに、お小夜とは意外であったらしい。しかめた顔を、ゆっくりとお銀のほうへねじむけて、じろっと一瞥。

「おい、だんな。もとがかかっているんだ。高く買いなよ」

赤吉は、無言でそのお銀の口もとを凝視していたが、突然にやりと顔をしわだらけにして、

「よし、買おう」

「百両だよ」

「安い」

赤吉はことさらに下手に笑ってみせながら、

「安いとも。しばらく姿を見せぬと思えば、さすがわし思いのお銀じゃて。これこのよ

うにたいした掘り出し物を持参してくれる。ふふふ……公方様がぞっこん参ったこの娘御に、ひとまずお先にはしをつけるなんぞは、男冥利というものじゃて……うむうむ、年寄りは若い娘がひとしお好ましいのでな。したが、お銀。この娘御をどこでどうして拾ってきたかな？」

「どこで拾ってこようと、おまえさんの知ったことかね」

「しかし、お銀……」

「うるさいよ、じじい！」

お銀は急にいらいらと両手をふりあげた。

「ひひおやじ！　いろ狂い！　ああ畜生ッ！　どいつもこいつも人でなしばかりだ！」

「これこれ、なにをそう騒ぐ。酔ってるな？」

「なにがこれこれだ。えい、さわるないッ！　けだもの！」

地団駄ふんで、やがて式台の上へどっとうつぶせになる。

「ばか！　ばか！　ばか！」

肩がはげしく波打って、顔をおおった指のすきまから涙がさんさんとあふれ落ちる。

(三四郎様！　お銀はけだものでございます！　物狂いでございます！　みんな死んで

しまえ！　銭鬼灯！　どいつもこいつもいろ狂いだッ！　くたばれ！　ばかッ！　お銀！）

それから、そのままの姿で、長いこと……

やがて、お銀は泣き濡れたまま眠りにおちてしまったらしい。

恋慕草紙

夜回りの拍子木の音が遠く夢のように伝わってくる。どこに月があるのか、濡れたように鈍く光って大空にうかんでいる町家の屋根。

しんと、古沼の底のように静まった闇の中を、あるかなしの微風が流れていく。

檜は、その家の軒下にたたずんだまま、さっきから同じ吐息をくりかえしているのだ。

どろ沼から咲き出た白蓮《びやくれん》のように闇の中からほんのりと白く浮き上がっている顔。

こよいはまた、日ごろのけん高さがうせて、しっとりとろうたけて美しい。

湯島の天神にほど近いらしいとは判断がつく。しかし、そこは見るかげもない裏店《うらだな》であった。逃げていく三四郎のあとを無我夢中で追ってここまできてしまった檜だが——

家の中ではあかりがちらちら動いている。戸のすきまからのぞくと、三四郎は勝手もとで手足を洗っているところだった。

檜は、今度こそ思いきって、雨戸へ手をかけようとした。が、指が震えているのだ。檜の――男ぎらい、女の生まれそこない、とみずからも信じ、あらゆる男性を足もとにたたき伏せることにのみ愉快を感じていた檜が、今は前後の思慮もなく、おのれを忘れて全身に恋の炎を燃やしているのだ。まるでただの小娘のように……

戸を一、二尺、そっとあける。

流れ入る微風に、裸の灯がちらちら揺れ動く。

三四郎は洗う手をとめてきっとふり向いた。

「だれ?!」

檜の肩がわなわなと震える。叱責《しっせき》を恐れる子どものように、足をすくめて棒立ちになった。

「だれ?　どなたでござる?」

「は……」と、口の中で。

「なにご用か?　ご用ならばはいられい」

三四郎は怪しみながら、手をぬぐってこちらへ歩み出てきた。

檜は、はっと息をのんで、思わず戸口をはなれてあとへすさった。追いついた三四郎が、

「や！　お小夜殿では？」

と、低く、声をはずませた。それを聞くと、あとずさりしていた檜の足がぴたっと止まって、

「神奈殿！」

火のように熱い吐息が。

「三四郎殿！　わらわでござりまする！」

「あ！」

さすがに、あまり意外であったのか、三四郎が愕然と目をみはるのへ、

「檜でござりまする。三四郎殿！　檜は、お身さまのおあとをお慕い申してここまでまいりました、お許しくださりませ」

と、檜は、まこと、思いあまったように早口に言った。

「しかし、檜様とは……意外とも意外な……この夜ふけにお供もなく、またなんのご用で？」

「なんのご用？」と、檜はうらめしげに、

「神奈殿、檜は、檜は……」

語尾がかすれて、消えてそのまま……

しんと、ふたりの間に沈黙がつづく。

天神の社のあたりからなにか夜鳥の鳴き声が一声、二声。やがて、三四郎はかすかに眉をよせながら暗い夜空へ目をやった。


「檜様。むさ苦しいところながら、とにかくおはいり下され」

土間から一間きりの座敷を抜けて勝手もとへつづいている。破れ畳に、くずれ壁、ところどころ穴ふさぎに絵草紙の切れはしなどがはりつけてある。そのうえ、家具らしい家具一つないほんとうのわび住まい。

病気がいえて米五郎のもとを出てからの三四郎は、養信寺店の家が既におかっぴきどもの目について立ち寄るさえあぶないので、それ以来ずっとここにかくれ住んでいたのであった。

しんのはみ出している古畳の上へ、檜はひざを折ってうなだれた。こうした時の姿は全くお小夜に生き写しでそそと可憐である。

　あんどんの灯がじじじ……と音をたてながら息をつく。

「檜様。それで、あなたはどうなさろうおつもりで、ここへおいでなされたのか？」

　と、三四郎がぽつりと言った。檜は女らしいしぐさでちらりとうわ目遣いに三四郎を見て、うらめしげに、

「どういたすつもり、とてござりましょう。ただ、わらわはあなたさまのおそばにおりとうござりまして……ただそれだけの願いにて、思いつめて、出てまいりましてござります」

「お気持ちはわかる……」

　と言いかけたまま、三四郎は思いに沈むように間をおいて、

「先ほど、追いつめられたみどもを、それも、将軍家へ不埒をはたらきかけた曲者と知ってまで、おかくまいくださったうえ、のがれる手引きまでしていただいた……そのご好意は、よくわかるのだ。よくわかるが、しかし、あなたはあくまで天下に並ぶものなき柳沢侯のご息女であられるし、みどもは一介の素浪人、いや今はおそらく極悪の反逆者として追っ手の捜索をうけていることでござろう。みどもに近くあることすら、あ

なたにとってこのうえもない危険でござる。父君のためにも、一刻も早くここからお立ち去りなさらねばなりませぬ」

「いえ！　もうそのことは申さずにおいてくださりませ。あなたさまがなんであろうと、わらわの父がだれであろうと、わらわの気持ちに変わりはできませぬ。そもそも、あの道場でわらわのしいた試合にお勝ちなされたおかたとは、どなたであろうと夫婦《みょうと》になる定めでした。わらわははじめてあなたさまに、まぎれもなく敗れをとりました。それだけでも、わらわはあなたさまのおひざのもとにひれ伏さねばならない定めでござりまする。いえ、定めではござりませぬ。わらわは……わらわは、あなたさまに敗れて、手いたく打ち敗れて、今は、それが……それがかえってしあわせ、かと……」

「檜様。お気持ちはうれしゅうござる。しかし、柳沢家のご息女と、素浪人とでは……」

「おじゃまなれば、柳沢とも縁をきりまする！　父とも縁を断ちまする！」

「見られい、この住まい、この貧しい暮らしだ。自分ひとり口を過ごすさえやっとであるに。あなたのような……」

「いえ！　ご迷惑はおかけいたしませぬ。慣れぬことながら、炊事裁縫、女の道ひととおりは必ずつとめておこたりませぬ。賃仕事とやらも、わらわにできぬはずはございますまい。おのれひとりの暮らしのかてでは、どうとでもしてご心配はかけぬ覚悟でおりまする。もし、三四郎殿。お情けには、おそばに……せめて、同じ屋根の下に起き伏したすこと、お許しくださりませ。のう、三四郎殿！」

酔いどれ侍を手玉にとっている檜をはじめて見たときには、なるほどうわさにたがわぬじゃじゃ馬娘だわい、とむしろ苦笑を禁じえなかった三四郎である。ちやほやと、わがままいっぱいに育てられた甘ったれ娘が、父親をやりこめたり、男を手玉にとることに興味を覚えたり——いっそ役者狂いでもするほうが女らしくて好感がもてるとさえうわさする人もあったが、ひとたびその竹刀の前に立ち上がったとき、三四郎は、その剣のわざではこの小娘が評判のようなお姫様芸ではなしに油断のならぬ鋭さをもっていることに気がついたのだった。少なくとも、その竹刀のきっ先には武道の真髄に触れる誠実さがこもっている、と。

試合に敗れて自分を謀殺しようとはかったことなども、世の中にありがちな陋劣《ろうれつ》さだと思って、おこるよりむしろ憐憫《れんびん》の情にかられたのであったが、こよいになって、それは檜の与《あずか》り知らぬことであり、檜自身はひたすらそのあやまちをわびるばかりか、今はこうして、ここにうなだれて震えてさえいる――

その姿の、あまりにもお小夜に生き写しであることに、三四郎の心はひどく動いた。お小夜とともにあると、なにか胸にしみ入るようなほのかな温かさを感じたが、檜の五体からは火のような熱さをおぼえる違いはあっても。

三四郎はその姿を見直して、その誠実さをすなおに受けてやる気持ちにまでなってきた。

だが――

三四郎は長い沈黙ののち、ことさらに堅い表情を作って立ち上がった。土間へおりながら、

「檜様……」

「は」と、すぐ立って、あとへついてくる。

「あなたは、あの時の約束を覚えておいででござろうな。試合に敗れた際は、なにごともみどもの命ずるままに従われると……」

「たしかに、お約束申し上げました」

三四郎は、雨戸へ手をかけてがらっと引きあけた。

「まだ月あかりが残っている。お帰りなされい」

「えっ！」

檜のからだががくっと揺れた。

「お望みなら駕籠を呼んでしんぜるが……」

「三四郎殿。そ、それはあまりな……」

「約束によって、みどもが命ずるのでござる。お帰りなさい」

三四郎は、冷たく手をあげて外を指さした。檜は動かない。

「……では、わらわに死ねと、仰せられるのでござりまするか？　わらわは、もう二度と屋敷へもどれませせぬものを……」

「いや、まだおそくはござりますまい。黙っておもどりになれば、それでなにごともなく済み申そう。もしやましいことがなくとも、ここで一夜をあかされては……人の口はうるさいもの。あなたの御身の破滅ともなるでござろう」

「それは、もとより覚悟で出てまいった檜でござりまする。地位身分がなんでござりましょう。人の口がなんでござりましょう。わらわの心は、わらわのものでござりまする！　三四郎殿。檜を、哀れとおぼしめして……」

三四郎は深い息をついた。困《こう》じはてた顔である。その、打ちひしがれたような檜の姿をあわれむように見やりながら、やや鋭い声で、重ねて言った。

「お帰りなさい！」

三四郎におされて、檜は外へよろけ出た。

「三四郎殿！　せめて……せめてひと言、伺い申したいことがございまする！」

檜は閉まろうとする雨戸へすがって必死に言った。

「三四郎殿、あなたさまは、もしや……お、お小夜殿を……」

と、言いかけて熱にうわずったように声がかすれている。

「なに？」

「お小夜殿を、お小夜殿を……奥さまにお迎えあそばす……」

三四郎は、なにか、ぎくっとしたように胸をひいた。檜はその姿を燃えるようなひとみで見つめながら、

「そのおつもりではございませぬか？　仰せられてくださりませ。檜の覚悟はきまっております る。もし、それでわらわがおじゃまになるのでございましたら……檜は……檜

は……ご無理は、申しませぬ」

（お小夜！）

三四郎は不意を打たれたかたちで激しく動揺した。

（ああ、お小夜……）といまさらのように思い出す。いや、この瞬間ほどその人の姿がくっきりと胸にうかび上がったことはかつてない。

いとしい——とは思っていた。しかし、檜のひと言で、今こそ、自分がその人を愛していることの深さをはっきりと感じたのである。

だが——

（そのお小夜とひと言の約束もあったわけではない。その人の心の中も深くは知らぬ。だいいち、自分に生涯しあわせに守っていってやるだけの力があるだろうか？　いや、そういうことを許されている自分の運命であろうか？）

と思うと、そうすることが檜を迷わせるものであるとは感じながらも、三四郎はかえって冷たい語調になって、

「お小夜殿？　あの人とは、ただ行きずりの縁……それ以上なんのかかわりもござらぬ」

「そりゃまことにござりますか？　お小夜殿とはなんのかかわりもなくいられますか？　そりゃ、まことのお心持ちにござりますか？」

「みどもは先にも申したごとく、さような浮いた気持ちになりうる身ではござりませぬ。さ、人の目にかからぬ間にお引き取りくだされ」

「あ！　三四郎殿……」

檜の叫びをつきやるようにして、三四郎はぴしっと雨戸を閉じてしまった。

「もし三四郎殿。もし！」

檜が忍びやかに雨戸を叩く。

「檜は……うれしゅうござりまする。檜は……」

まるで、すすり泣いてでもいるような、とぎれとぎれなささやき声が、しばらくは雨戸に取りすがって聞こえていた。

（ああ！）

三四郎はなぜともなしに吐息をもらした。お小夜、檜、お銀……自分を取り巻いた形の三人の女性。世間のうわさはどうあろうとも、そのいずれを見ても、三四郎にとって多少なりと恩義を感じる。しみじみとよい女性ではないか！

今の世にあっては、二、三の人を除いては思ってもみる人のない王政復古という大業——その大望のために自分は捨て石となる覚悟ではいても、まだ前途は遠く、それらのよい人たちまで不幸にまき込むかも知れないことを思うと、ときには暗然となる。

三四郎が荒々しくあかりを吹き消して横になったころ、雨戸の外も静かになっていた。

三四郎は、ものごころつくとすぐ、母なる人からおのれの血統と祖父忠長の非業の死に対する怒りとを教えこまれてきた。世が世であれば徳川のご連枝として望むままの栄華を受けうるものを、とあわれんでくれる周囲の人たちに対して、三四郎はむしろ、一家保身の政策のためには肉親の弟をすら平然として謀殺するほどに冷酷な家光と同じ血をひくおのれのからだがいまわしいものに思われてならないのだった。

徳川の御用歴史家は、その真実をよってたかって秘しかくし、忠長を凶悪無頼な人間に作り上げ、一方家光をもって不世出の英傑であるかのごとく吹聴《ふいちょう》して世人の目をくらましてはいるが、その実、家光は傑出せる近臣の筋書きにおどった一個の傀儡《かいらい》にすぎずして、むしろ無頼不徳と罵倒し、忠長よりもはるかに人望の少ない凡君にすぎなかったと見る具眼の史家も多々あるのである。さてこそ、家光をたてて徳川の流れを安泰ならしめるには、より強力な忠長の存在は目のうえのこぶと思われたのであろう。

（しかし、それほどまでにして、安泰ならしめる必要のあった徳川の天下であろうか？）と、三四郎の考えはそこまでつきつめてくる。

そのうち、ふと知り合った国学者の感化から、こつぜんと心の目を開く時が来た。

（大権をろうだんしてこれ以上安逸をむさぼるのは重大な罪悪だ……）

しかし、三四郎がその計画を打ち明けたとき、同志の国学者ですらが、時期尚早である。いたずらに孤剣をふるってただひとり絶叫したところで、ほかに応じて立つ者がなかったらどうするのか。もっと世人を教育しその心眼を開かしめてから一挙に立たずしては、むしろ幕吏の神経をとがらせ、ようやく緒につこうとする国学流布の弾圧までを招来するおそれがあると——口をそろえてとめたのだが、しかし三四郎の意は既に決していたのである。

（自分は立場が違う。自分は徳川の血を引く者だ。その自分が、おのれの血族の犯している罪悪を知りながら、どうして黙して時を過ごせるか。もとより、この素浪人の一言を入れて天下の大勢が動くはずはないかもしれぬ。しかし、たとえむだであろうとも、その警鐘の第一鐘を自分が打つことは、やがてなき祖父へのたむけともなるだろう……）

三四郎はただひとり、その信念をもって心をみがき、剣をとぎ、時を待ってついにこよいのいっときを得たのである。少なくも、心願の一歩を踏み入れて三四郎の心は満ち足りた。満ち足りて、こよいの夢は安らかなはずである。

しかし、三四郎はもんもんとして眠り浅げに寝返りばかり打ち続けていた。

（お小夜……お小夜）

なぜか、その女のことのみ夢にちらつく一夜であった。

鶏の声――と聞いて、三四郎はもうむっくりと起き上がった。まだ、ほんの白々明けと見えて、家の中は薄暗い。

立って土間へおり、雨戸をあける。

霧が暁のにおいを含んで音もなく流れこんでくる。その湿りをいっぱいに吸いこみながら……

と――三四郎は、思わず、はっと息をとめてそのほうを見た。

軒下のちり箱の上へ腰をおろして、きちんとそろえたひざもくずさず、こころもちうつ向きかげんに、うつらうつらまどろんでいる、それは昨夜の姿のままの檜であったのだ。

人の気配に、うなだれていた檜の頭がびくっと上がって、同時にぱっちり目を開いた。

「あ！　神奈殿……」

耳たぶをほんのり赤く染めて檜は立った。

寝姿を、この人にしげしげ見られたことがたまらなく恥ずかしい、というように……さすがの三四郎もあっけにとられたように、その姿を見つめたまま棒立ちになっていた。

(この女は昨夜からここにこうしていたのだろうか？)

「おはようござりまする」

檜はうやうやしく腰をかがめた。

「では、あなたは昨夜おもどりになられなんだのか。ここで夜をお明かしになられたのか？」

「は。お許しも得ず、わがままのいたし方とは存じましたなれど……」

（ああ、さぞ夜露に濡れただろうに……）

と、哀れむ気持ちにはなりながら、顔だけは気むずかしげにしかめて、

「お聞き分けのないかただの。ここで夜を明かして、これからどうなさるお気なのか？」

檜はそのことばを予期していたように、

「檜は、ご当家を追われましては、帰る家なき覚悟でおりまする。どうでもなき命なれば、せめて一日、半日、おそば近く、下女、はした女になりとお使いくださりませ。そのうえのことなれば、たとえ打ちたたき、道へ投げ捨てられましょうとも、檜は満足いたしまする。のう、三四郎殿。わらわのこの願い、せめて、お聞き届けくださりませ」

三四郎はいささかあきれた面持ちで、当惑したようにくちびるをかんでいた。

（この娘のことだから。このまま突きやれば、おどかしでなくほんとうに家へもどらず死ぬ気でいるのかもしれない。とはいえ……）

しばらくちゅうちょしていたが、三四郎はとうとう吐き出すように言いはなった。

「みどもは知らん。飯たきなりと水くみなりと、かってになさるがよかろう」

(一日もやったら、骨身にこたえて逃げていくだろう。もしそれでもいすわるつもりなら、こっちで姿をかくしてしまうだけのことだ……)

と、とっさに三四郎は腹をきめたのである。

「おお、ではお許しくださりまするか？」

一瞬、檜の顔へかっと血がのぼって、目がいきいきとかがやいてきた。

「か、かたじけのうござりまする」

思わずにっこり笑ったそのほおを涙が一滴……

その涙を見ると、三四郎は、

(ああしまった！　どうせむだになるときまっているいっときかぎりの喜びなぞ、心を鬼にしてもさせるではなかったものを……)

なにかうっとうしい責任の一端を背負わされた気持ちがして、むっと押し黙りながら井戸ばたのほうへ歩きだした、その鼻先を、

「ご洗面でいらせられまするか？」

檜が、言うより早く手おけをとってさっと先に立つ。なれぬ手つきでつるべをとる、そのまっしろい二の腕は、さすが武道で鍛えただけあって弱々しくはないが、きらびや

かなそでがまつわりついてなぜかいたいたしく見える。

その檜の、喜びにあふれたような姿を見つめながら、三四郎の心はしだいに暗くなっていくのであった。


米をすくって釜《かま》へ入れたが、どれだけの分量でどれだけの飯になるのやら、どうしてといでどう水加減するのやら……いかなる困難にもひしげぬ意力と決意とはもっている檜だが、悲しいことにお嬢さま育ちの身には、右のものを左にするにもかってが知れぬ。

かいがいしくたすきがけになった檜は、釜を手にしたまま当惑顔で立っていたが、やがて意を決したように裏手へ出ていった。

この長屋でいちばん早起きの隣家の女房が、そのころやっと起きだしたと見えて、井戸ばたで水をくんでいた。

「もし。卒爾《そつじ》ながら物をおたずね申します」

「えっ⁈」

その女房は、檜に声をかけられてびっくりして顔をあげた。

「おやまあ、これは……」

どこのお嬢様が……というように檜の姿をまぶしそうに仰ぎ見ながら、

「なんぞご用でございますかえ？」

「ご近隣のおかたさまと存じまするが、わらわ……そこなる神奈殿……身寄の者にて……しばらくお世話にあずかることになりました。みなさまがたにもよろしくお引き回しのほどを」

「へえ！　そこのご浪人さんの家へ？　へえ！　あなたさまが？　まあ、驚きましたね、こりゃあ。……ただのご浪人じゃあないとは思ってたが、へえ……よろしくお引き回しもお引っかき回しもできやしないが、いえ……もう、この近所は気心のおけない貧乏人ばかりでしてねえ」

「つきましては、さっそくながら、慣れぬことにてかってがあい知れませぬ。水加減とやらはいかほどにてよろしきものにござりまするか、ご教示のほど……」

「ほほほほ……この年まで、四角四面にかしこまって飯たきのご教示なんぞするなあはじめてだね。でもまあ、さぞお困りでしょうねえ、あなたのようなお嬢様がおさんどんの仕事なんか……ちょっくらちょっと、あたしが見てあげましょう。飯たきのこつは水加減と火加減一つでしてね」

「かたじけのうござりまする。なにごともわきまえませぬ者。おことばに甘えまして……」

「あまりかたじけなかったりわきまえたりなんかしないでおくんなさいよ。あたしたちのような下種《げす》にはしゃべってるだけで肩がこってきまさあね。さあ、こんなぐあいにといで水加減をして……火をつけるとき見てあげましょう」

「ぶしつけなこと、お尋ね申すようなれど、このあたりにては朝げのお菜には、どれほどの物をあしらうものにござりましょうか？」

「朝げときちゃあへこたれますね、あたしたちには白い飯にありつけりゃおおごちそうですよ。それにまあ、みそ汁におこうこがあれば大名暮らしでさあね。いえ、お嬢さまがたは、朝っぱらから幾汁幾菜ってやつを召し上がるんでしょうが、長屋のがらっぱちどもにはそのへんがせいぜいでして……でも……まあ、どうしてあなたのようなお嬢さまがそんなご苦労をなさるんです？」

ともかくも、飯がたけて汁が煮える。ぜんへ欠け茶わんをそなえて、櫓は日八分にささげながら運び入れてきた。

　三四郎はそのほうへときどき視線をなげながらむっつりと押しだまっている。檜がまじめであるだけにおこるわけにもいかず、ただそのくちびるのへんに、しょうことなしの苦笑がかすかに浮かび上がっているばかりだ。

「お食事の用意、ととのいましてござりまする。お召し上がりくださいませ」

　きらびやかな長そでにうやうやしく三つ指ついたその姿は、このすすけきったあばら家にはまことに奇妙な対照である。

　三四郎が黙って苦い顔をしているので、

「万事不なれにて、さぞ、なにごともお気に召さぬことのみにござりましょうが。……なにとぞおしかりなく……」

　檜は重ねて三四郎の顔を仰ぎながら言った。

　大家《たいけ》のわがまま娘の気まぐれからちょっと貧乏の生活にはいってみる……そんな甘美で夢想な気持ちをこの檜がいだいているのではないだろうか、と三四郎ははじめは感じていた。

　けれども、今そこにすわっている檜の五体からそんなうわついた気分など少しも感じられない。言うこともなすことも竹を割ったようにまっすぐで、ただ、おのれの目的に向かっていかなる障害も突き砕いて進もうとするはげしい意欲が、その人をなにか女らしくないものに感じさせているだけなのだ。そのはげしい気魄《きはく》の前には三四郎自身でさえ瞠目《どうもく》することがある。

（今の世に、こういう女性はまことに珍しい存在だ）と、三四郎はほほえましく、その行動を是認してやりたい気持ちにさえ動かされてくる。

三四郎はことさらにむっつりと押しだまったまま、しかしとうとうそのぜんをうけて、はしをとった。なれぬ手つきで飯をつけて、それを差し出す檜の手首がかすかに震えている。

なにかおさえ切れぬ感激が胸の底にうずいたのだ。それは、これまでの檜が決して感じたことのない女らしい歓喜のためにわき起こってきた心の動揺であった。

茶……と三四郎に言われて、檜はややろうばいしながらどびんをとりあげた。あわてたので、ぜんの上へ少し茶がこぼれた。檜のほおがかっと赤くなる。あわてて茶をつぎこぼしたこともたしなみある日ごろの檜らしくないことだが、さらにそれだけのことに顔を赤らめるなどとは、檜らしからぬことである。

食事が済むと、三四郎はすいと立ち上がった。

（どちらへ？）尋ねようとした檜の声は、のどにからんだままとうとう口から出なかった。

ただそわそわと立ってついてくる檜へ、

「一、二刻《とき》、外出いたす」

そのまま、三四郎はさっさと戸口から出ていってしまった。

「お帰り、お待ちいたしまする」

檜は見送って、ぼうぜんとなる。気づかれで、全身ぐったりとなるほどの疲労を感じていた。

（でも、なんという喜びであろう）

檜は顔を輝かせながら、なにか思いついたように隣家へはいっていった。

「まことに申しかねる儀ながら、この衣類をなにか目だたぬ衣類とお取り替えくださりませぬか？」

その女房は目を丸くした。

「へえ……じゃあ、あたしどものおんぼろとそのお召し物とを取り替えようっておっしゃるんですね、お嬢さま?」

　隣家の娘のみすぼらしい、それでも取っときの晴れ着と着かえた檜は、髪まで自分でむぞうさに結びかえた。どこまでも、三四郎とともに裏店の生活にはいりきろうとするその心根は哀れである。三四郎の留守の間に、檜は覚えなければならない仕事がたくさんあった。

　ほうきの持ちかた、火のおこしかた、野菜の買いかた、大根の切り方まで、人が一、二年かかって覚えることを、勝ち気にもひと息に覚えてしまおうとするのだからほねもおれる。

　隣家の女房の知恵をかりてせいいっぱいの昼飯のしたくもしたが三四郎はもどってこない。

（一、二刻……と仰せられたのに）

　檜は生まれてはじめて待つことのつらさをしみじみと感じた。やっと灯ともしころになって、三四郎はふらりともどってきた。

（お帰りあそばしませ）

まるでにいづまのように、迎える声も姿もはずんでいる。

「おそうございましたが？」

「うむ……」

口少なだが、朝と違って三四郎は明るく微笑さえしていた。それが檜にはこよなく楽しく思われた。

「お食事は？」

「いただこう」

三四郎はさっさとぜんの前へ行く。

「やあ、これはごちそうがござるな！」

「は……」

檜は、うれしくて涙ぐみそうにさえなった。

（まあ！　おほめくだすった！）

「ほう！　衣類をお替えなすったのか？」

三四郎が、気づいて目をみはった。

「は……あまり、目立つ姿はいかがかと存ぜられまして……」

(ああ、それまでに気を使っているのか……)

三四郎はいまさらのようにしんみりとなる。

(だが、あしたはそっとここを引き払おう……)

それだけの心をきめて、既に立ちのき先まで捜して帰ってきたのである。

(ただでも人目につきやすい自分のもとへ、檜などにおられては、どうせ無事ですむはずはない。かわいそうだが、一日も早く別れてしまうのがお互いのためであろう。しかし、どうせこよい一夜だ。せめていたわってやろう)

檜はその三四郎の真意に気がつかない。ただ、三四郎の上機嫌な様子につれて、おのれもうきうきとなっていた。

「寝よう」

三四郎が読書をやめてそう言ったときには、かれこれ五ツ半が回っていた。せんべいぶとんが一組しかないことを檜は既に知っている。座敷いっぱいにそれを敷いて、

「おやすみあそばしませ」

自分は勝手もとへさがって、その板敷きの上へ用意のわらござを敷きのべた。

三四郎はそれをじっと見つめていたが、そのうちなにか嘆声のような吐息をほっとつ

いて、しかし何も言わず、ふとんの中へ横たわった。

あかりが消える。一間ばかりの間隔をおいて、男と女との呼吸がつづいている。

向こうでもこっちでも、幾度か寝苦しそうな寝返りの気配がつづいていた。


どのくらい、刻がたったであろう。

と――がばっ！　と三四郎がはね起きた。同時に檜も。

(あの、音?!)

ヒタ、ヒタ、ヒタ……

どこか、家の外である。せきばくの底を忍びやかな足音が横切って、ふっととぎれる。三四郎も檜も闇の中に上半身を起こしたまま凍りついたように息を殺している。

ヒタ、ヒタ、ヒタ……と、また――今度こそ、まぎれもなくこの家をめぐって動いている人の足音と知れた。また、しんとなる。

サササ……とかすかに、雨戸にふれるものの気配がする。

三四郎は両刀を手近へ引き寄せて雨戸のほうを凝視した。たしかに、だれかこの家の中をのぞきこんでいるやつがあるのだ。しかも、ひとりふたりではない。

（とうとう、来たか……）三四郎は、身じろぎもせず耳を澄ましている。

しばらくして、

「今晩は……もし、おやすみですか？　今晩は」

低い声といっしょに、軽く、ホトホト雨戸をたたく音がした。

「もし……家主の久兵衛でございますが、ちょっとおあけくださいまし。とんだ急用ができたんでございます。もし、今晩は……」

三四郎の静かに立ち上がる気配がした。

黙ってその声のするほうをにらみながら、すばやく帯をしめ直して両刀をたばさんだ。

「もし、お留守ですか？　もし！」

戸をたたく音がしだいに高くなってくる。

「おう！　今起きます。お静かに……」

三四郎は勝手へおりておけの水をひしゃくに一杯くんで、ゆっくりと二口三口うまそうに飲んでから、残った水を刀のつかへさっとかけた。その様子をまじまじと見つめていた檜が、

「三四郎殿！」

すがりつくように駆けよって、

「その戸をおあけあそばしてはなりませぬ！」

三四郎は微笑したらしい。

「なにゆえ？」

「ご大切な御身にござりまする。めったなことあそばされてはなりませぬ。軽はずみはなりませぬ。その戸はこの檜にあけさせてくださりませ。あなたさまには、つとめて忍んで、この場をおのがれくださりませ」

「ご好意はかたじけない。また、決して軽はずみもいたさぬが、どう忍んでみたところで、ひと騒ぎなくてはおさまりそうもない気配だ。あなたこそ、巻き添えくって怪我《けが》をなさらぬようご注意をいたされよ」

長引く様子に、外の声はじれて、

「あけろ！　あけろ！」

と、露骨な叫び声に変わってきた。

「三四郎殿！」三四郎を押しやるようにしながら檜の必死の声が、

「この場は、なにとぞ檜におまかせあそばしまして！」

言うより早く、打ち破りそうにたたいている戸をさっとあけた。

「あっ！」

同時にまっさきに中へおどりこもうとした人影が、檜にしたたか胸をつかれて、のけぞりながらよろけ出てきた。

「騒がしい。なにごとじゃ！」

戸口いっぱいに檜が立ちはだかる。

十人、二十人……いやいや、どれほどいるのか数えもつかぬ。おびただしい数の人影が、月あかりの路地を埋めつくして、黒々と群れているのだ。戸口に立った檜の姿を見ると、今まで息をひそめていたその人数は、同時にざわざわっと色めいて立ち上がった。

「この夜ふけに、騒がしいお人たちじゃ。何用あってのお越しか？」

檜はきめつけるように言って、その人数をじろっと見渡した。あえて肩を張るわけではないが、こうした時にこそもって生まれた気品が檜の声にも姿にもあふれ出て、相手の出足をたじたじとさせる。

「お、女ッ！」

先頭のひとりが、つかれた胸の痛みに、忿怒の声を張り上げた。

「ここに神奈三四郎という浪人者がかくれているだろう？　居ねえとは言わさねえぞ。そいつを出せ！」

「そう言うそのほうらは何者じゃ？」

「なんだ、そのほうだと？　おおふうな口をききやがる。血のめぐりの悪い小娘だ。これが見えねえか、これが？」

つきつけるようにして振って見せる右手に、十手があお白く光っている。

「大罪人三四郎がここに隠れていると確かな証拠を握って乗り込んできたんだ。じたばたするとてめえまで痛えめを見せるぞ。どけッ！」

月あかりをまともに浴びながら檜の顔がにんまりと微笑した。

(三四郎殿のためならば、かりにここで死んだとしても少しも心残りはない……)

ふと、そんなことさえ考える。

「ええッ！　めんどうくせえッ！」

檜の微笑を不敵と見たのであろう。そばのひとりが叫びざま檜に向かって突進していった。

「推参なッ！」

檜の眉がきっとつり上がる。

男は檜のひねったからだのそばを、泳ぐように戸口までのめっていったが、はずみでがっくりひざをつくと、どこをどうしたのか、そのまま立ち上がる気配もない。

女とあなどったその相手の、あまりの早わざに、捕手の群れは愕然とどよめいた。

「あ！　この女！」

「曲者だぞ！」

「ひっくくれ！」

檜はその動揺を冷然と見やりながら、いつ拾いとったのか、手ごろの棒をじりっと下段につけたまま、その戸口を寸歩も譲らぬ気魄を見せて立ちはだかった。

「御用ッ！」

大地をけって、人と棒が宙へおどり上がる。

わずかに檜の肩がそばだったとおもうと同時に目にもとまらぬ速さで震動した棒の先

端に、

「ああ——っ！」と、男の悲鳴が長く語尾をひいてけいれんした。息もつかせず、

「くそッ！」

「こいつッ！」

二つの人影が呼吸を合わせて左右からどっと襲いかかってくる。檜の影はその人と人との間をくぐってさっと地へ沈んだ。武器のはねとぶ音と、押しつぶされたような悲鳴と、人が大地へ倒れる響きと——

檜はもう、先刻と同じ姿でその戸口に立っている。ただ、そでが裂けて、白い右腕がひじの上までむき出しになっているだけだ。

裏手へ回った一隊が、そこの戸口を突き破ろうとして、はげしい体当たりをくれている。

その物音を耳にしながら三四郎は、檜が身をもって表口を防いでいてくれるわずかのすきに、手文庫の中の書状類をかき集めてへっついの中へ投げ入れた。同志の人たちと取りかわしたそれらの書面から、その人たちに思わぬ迷惑がかかることをおそれたからだ。やっと、火が燃えついて、へっついの中がぱっと明るくなる。

同時に雨戸のはねとぶ音がして、背を丸くした人影がなだれこんできた。

三四郎はきっとふり向いた。

いつつかんで、いつ投げたのか。

「わーっ！」

先頭のひとりが、みけんをおさえてのめる姿が見えたきり、あとは、はずんでとんだ火ばちからもうもうと舞い立つ灰神楽《はいかぐら》に部屋一面が塗りつぶされたように……

その一瞬をつかんで、三四郎は脱兎のごとく真一文字に表へ走り出た。

「檜様ッ！」

走りながら叫んだ三四郎の声へ、目じりをつり上げ髪を乱して阿修羅のように立ちはだかっていた檜が、

「おう！」と、すぐ応じてあとへつづいた。

「出たッ！」

「それ、そいつだッ！」

気をのまれて一時たじたじと道を開いた捕方どもは、すぐ陣形を立て直して押し包んできた。

それに、その捕手の数は、三四郎が予期していたよりもはるかに多かった。路地をやっと抜けて大通りに立つと、もうそこは完全にちょうちんの波にふさがれている。

(もうひと足で神田川へ出る……)

この店《たな》に仮住まいするようになってから、三四郎が万一の場合の逃げ道に常々考えておいた方角であった。

(川まで出れば……)

しかし、どうであろう、この人数!

「みどもから離れてはならぬ。そばにおられい」

ともすれば三四郎をかばってみずから死地におどりこもうとする檜を、ことば短く制した。

「御用ッ!」

ざわめくちょうちんの下から、勢いこんだ影法師が四ツ五ツ、あなどりがたい捨て身の気配を見せて三四郎の前後へばらばらっと襲いかかった。とおもうと、がっと揺れた空気の中に、ちょうちんの灯をあびて、十手が一つきらきらと舞い上がり、二つに折れた棒が水車のように回りながら捕手の上までとんできた。

今まで三四郎のいた位置へ、その二つの人影が折り重なるようにのめり伏して、三四郎自身は五、六尺も離れた人家の軒下へ、いつ抜き放ったのか白刃を片手上段に振りあげてじっと立っていた。三四郎にはもとより斬《き》る気はない。峰討ちに払ったのだが、手練の鋭さに、打たれたふたりは立ち上がる気配もない。

すぐあとに続いていた捕手の三、四人は、三四郎のその白刃の光をあびて、いちじどっとあとへさがった。

手ごわい——と見た捕手の中から、

「やれッ！」と叫んだものがある。

「やれやれッ！」
二、三の声がすぐ応じた。同時に、待ちかまえていたように、一枚のかわらが三四郎めがけてうなりを生じてとんできた。
はっとして体をかわす。

「あぶないッ！」

三四郎の叫んだ瞬間、今度は反対側から檜めがけてとんできたかわらが、その足もとにはげしい音をたてて砕け散った。続いて、息もつかせず二枚三枚……身をかわし、手で払い、はじめのうちは避けていたそのかわらつぶても、いよいよはげしさを加えてくるとともに、さすがの三四郎も人家の軒下深くくぎ付けになったまま身動きもできなくなってきた。その一枚二枚は小鬢《こびん》を傷つけ、すねをかすめる。

(猶予はならぬ……)

三四郎は意を決して、

「檜様ッ！　続かれいッ！」

言いすててそのかわらつぶての雨の中へまっしぐらに走りだした。道を横切って、向こう側の捕手の中へ割ってはいろうとしたとき、

「うわっ！」

檜の声、と聞いて三四郎はぎくっと足をとめた。二、三間あとに、肩先をおさえて大地へうつぶせになっている檜の姿と、早くもそれを取り囲もうとしている捕手の動きとが目に映った。

瞬間、三四郎はあらゆる危険を忘れてそのそばまで猛然と駆けもどった。

「檜様ッ！」

「わ、わらわにおかまいなく……わらわにおかまいなく、三四郎殿！」

強情な檜の声も、さすがに苦痛にけいれんしている。その肩を抱き起こそうとした三四郎の指が、あふれ出る血のりにぬるっとすべった。

「おかまいなく、行って下されー！　お情けは、かえっておうらみにござりまする……」

おのれの苦痛も忘れて、この身の助かることのみを願ってくれるそのいじらしい心根を、どうして三四郎は見捨てていけるだろうか。三四郎はその檜のからだを横抱きにしてすっくと立ち上がった。

「やろう、くらえッ！」

すきにつけ入って一本の棒がしつようにまっこうめがけて振りおろされてきた。

檜を抱いて、かばって、あやうくその一撃を避けたとおもうまもなく、一度やんだかわらつぶてがまたばらばらと襲いかかってくる。ついに、その一枚が足を払った。三四郎はのめりそうによろめいてわずかに立ち直ると、はげしい息をつきながら捕手の群れの中へ泳ぎ入った。

ちょうちんが燃えながら空へ舞い上がる。かわらが飛ぶ。

喊声《かんせい》が、悲鳴が、棒のうなりが……

そのどよめきの中を、波にもまれる流木のように、三四郎の影はあなたこなたへ動いていた。

額にも腕にも血がにじんでいる。

(おおっ！)

血走った三四郎の目が、その時、眼前へ豁然《かつぜん》とひらけた黒い水の流れを見た。

(助かる！)

どこか神社の境内らしい。乳色の夜霧が苔《こけ》のにおいを含んで、流れるともなく動いている。

ジジジ……しみ入るような虫の声だ。

檜を横抱きにした三四郎は、重い足取りで、森の下陰を抜けてその社殿の前までくると、縁先へ檜のからだを横たえて、おのれもがっくりと腰をおとした。さすがにはげしい疲労を感じたのであろう。頭からびっしょり濡れしょびれて、そこここからにじみ出た血が水にとけて一面に赤黒く広がっている。

三四郎は檜の耳へ口をよせて強く叫んだ。

「檜様！　檜様！」

その声が通じたのか、その時までこんこんと眠るがごとくであった檜が、はっとまぶたをふるわせてからだを起こそうとしかけた。

「静かに……まだ、動いてはいかぬ」

三四郎はやさしく制してやる。

「傷は大事ない。お気をたしかにもたれよ」

「は……」

檜はここにあることを疑うようにあたりをしげしげと見回した。

「さいわい、捕方の手は脱することができ申した。とんだとばっちりをお受けになって、おきのどくでござったの」

「いいえ！」と、檜ははげしく首をふる。

「わらわこそ……お手足まといになるのみにて、お恥ずかしきかぎりにござりました」

「ああ、この腕の出血がひどい。とにかく、仮手当てをしてしんぜよう」

三四郎は、御手洗場《ちょうずば》の奉納の手ぬぐいをとってきて細く裂いては檜の腕を縛ってやった。

「縛り方が強すぎはせぬか？　痛みはひどうござるか？」

檜はなにも言いえず、胸をふるわせてくちびるをかんでいる。両のまぶたから、熱い湯のような涙がとめどもなくあふれ出るのだ。

（なんという男らしいおかたなのであろう！）

檜にとって、傷のいたみなどいかほどのことがあったろう！

（三四郎殿とごいっしょにいるのだ！）

その喜びと安堵とに、やがて深い眠りに落ちてしまったらしい。


だがその檜は、まもなくはっと目をさました。

「あ！　三四郎殿？」

そばにいるとのみ思った三四郎の姿がいつの間にか消え去っているのだ。色を失って、痛むからだをむりにはね起きようとしたが、すぐ、

（このかいなしの檜のために、どこぞ宿でもお捜しにいかれたのではあるまいか？）

だが、檜の耳は、おりもおり、異様な物音を聞きつけてそばだった。忍びやかな、だが十名以上はいると思われる足音が、小急ぎにこっちへ近よってくるのだった。

檜のいぶかる暇もなく、その足音の主は社殿を回って、檜の視界へこつぜんと姿をあらわした。駕籠《かご》に前後してたしかに十五、六名はいる。

檜がそれを認めると同時に、向こうでも檜を見たらしい。しかし、そこに檜の姿を見かけて少しも驚いたふうもなく、足早に縁先近くまで進みよると、ぴったり立ち止まった。

愕然！

檜はわれを忘れて思わず立ち上がる。同時に、その人影はいっせいにさっと地にひれ伏した。

「姫君様。お迎えに参じてござりまする」

こしもとの、あのお浜の声であった。

檜の肩がわなわな震えている。目が、そのひれ伏している人影の頭上へ、ぎらぎらすさまじい光をなげかけた。

そのくちびるから今にも叱咤《しった》の声がほとばしるかと恐れるように、だれもかれも黙していた。しかし、檜のくちびるはかたく閉じられたままでいる。

しばらく――

檜は、ついに縁先から大地へおりたった。

よろめきそうに駕籠の戸口へ手をささえて、

「よう、わかったの？」

激情をおさえつけようとしている。低い、聞こえるか聞こえないほどの声であった。

「は、いましがた……」

「いましがた？」

「姫君さまが、これこれのところにいらせられますると、知らせてくだされたおかたがございまして……」

（そうか！　やっぱり……）

檜がここにいることを、三四郎以外のだれが知っているだろう！

くずれるようにどっと駕籠へはいる。

扉がしまって、静かに駕籠じりが地をはなれると、こらえにこらえていたおえつの声が……

（やっぱり、三四郎殿は……この、この檜をお愛しくださらぬのだ。この檜がおきらいなのだ！）

檜は去っていく。男まさりと言われた剛気闊達《ごうきかったつ》の檜が、涙とともに去っていくのだ。

三四郎は——少し離れた木陰に立って、その消え去っていく檜の駕籠を、じっと、いつまでも見送っていた。

（みどもとても、人の情けを解さぬ木石ではない。しかし……しかし、一つの心に二つの愛情をどうして住まいさせる余裕があるだろう。檜殿。どうかみどものことは忘れ去って、しあわせなほかの道をお進みくだされ）

宿　縁

檜の駕籠がついに見えなくなる。

三四郎の心は、からだは、なにがなし鉛のように重かった。風が変わって月がかげりかける。

三四郎はわれにかえったように深い吐息をついて歩きだす。

だが――その足はぎくっとそのままくぎづけになり、うなだれていた顔がすっくとあがった。

（なにやつ？）

いるのだ、だれか！　その、すぐそばのまっくらな木下闇《このした》の中に……

三四郎の鋭い凝視にあって、その闇の中にさらに濃い一つの人影がもうろうと浮き上がってきた。くち木のようにやせて高い、そしてまるで呼吸しているとも思われぬ影法師である。

三四郎もその人影もお互いに鋭い凝視をかわしながら化石してしまったように動かぬ間を、湿気を含む風がさっと音をたてて流れていく。

どちらから動いたともわからぬ。その瞬間、ふたりは両方からさっと一歩踏みだし、そして同時にさっとその一歩を飛びすさっていた。

なにゆえ？　どうして？

三四郎にもわからぬ。ただ、それはまるで白刃と白刃との触れ合った瞬間のように息づまる殺気であった。

雲が動いて、月がさらに暗くなる。と――

「おいッ？」

たたきつけるようなしわがれ声が聞こえた。

「やめろ！　やめねえかッ！」

そうして、その声の主は、その暗闇を斜めに横切って薄あかりの中へ姿を現した。

「おう、銭鬼灯《ぜにほおずき》！」

「宿縁だなあ。若えの」

そう言って、右手のつえを愛撫《あいぶ》しながらかすかに肩をゆする姿は、あの銭形をおし散らした赤ずきんの銭鬼灯であった。

「会うと言った。きっと会うぞと言った。うむ。このとおり会えたじゃねえか。おい！三四郎というんだったな？　おれの胸にさわってみてくれ。うれしそうに、こんなにおどってるぜ。ああ！　梅鉢長屋以来の宿縁だった。いい勝負だったなあ、あの時は……」

その低いしんみりしたしゃべり方が、異様な圧力でのしかかってくるように感じられる。

「勝負をつけよう！　宿縁だ！　いやおうはねえだろう？　だが、待て……」

吹きよせる風へ手をかざして、

「雨がくるな……実は、こよいの様子は残らず見ていたんだ。川向こうの騒動から、水を渡ってくる様子から……ひどく疲れているだろう？」

銭鬼灯の隻眼が、ずきんの陰からじっと三四郎を見つめた。三四郎は黙々と立っている。

「おれのあばら屋へ来て少し休め。おれは、せっかくの相手を疲れきったまま勝負はやらせたくねえのさ」

かってに言いすてて、そのまま、その男はもう三四郎がついてくるものと信じきっているように、あとをも見ずに歩いていった。

なんという異様な男なのだろう。がらりと変わって、まるであけっぱなしに心の底をのぞかせるような語調であった。

三四郎は少したためらって、しかし、やがてそのあとへついて歩きだす。銭鬼灯という男に、三四郎は興味をひかれはじめたのであった。


小半町も歩いたろう。暗い桐《きり》林を抜けると、思わぬところに、たけ高くおい茂った雑草に埋もれた一軒のあばら家が建っていた。

銭鬼灯が先にはいって、片すみの破れあんどんへ灯をつける。たった一間きりの、それも畳のかわりに荒むしろを敷いた、家具一つ見あたらぬみすぼらしさである。

「はいれ」

うしろの三四郎へそう声をかけながら、銭鬼灯はあんどんの灯に横顔を見せてゆっくりとその赤ずきんを脱ぎとった。あお白い病人のような顔が、いつぞや見たときよりも、またいっそうやつれたようである。

「水は？」と、三四郎が聞く。

「裏だ」

三四郎は裏手の井戸を探りあてると、水と血とどろにくたくたにまみれた衣類をすっぽりと脱ぎとって、頭から幾杯となくつるべの水を浴びてそこここの血のにじんでいる傷口を洗い清めた。さいわいに、どれもほんのかすり傷にすぎない。最後に衣類をざっとゆすぎあげてから、それをかかえて裸のままもどってきた。

濡れものをかわかさせるためであろう、銭鬼灯はいろりに火を起こして、そのそばにむっつり腕をこまぬいている。

破れたびょうぶへ洗った衣類をかけて、三四郎は黙々とその火の前にすわりこんだ。そのままふたりとも黙っている。だが、なんとも異様なことと言わねばなるまい。つい今しがたまで、この男の家へ、自分がこうしてすわりこもうなどとは、どうして考えることができたろう！

つゆ降りしきるあの日、梅鉢小路でお小夜を助けるために白刃のもとに相対したのが、この男を見た最初で、そして最後であったのだ。

恩もなければうらみもない。しかし、血に飢えた悪鬼だ——と世人の口に伝わるうわさを、その時まのあたりに実見した印象をうけて、ただ唾棄《だき》すべき男とのみ思っていたのである。だが、ほんとうにそんな唾棄すべき悪鬼にすぎないのだろうか、この男が？といまさらのように三四郎は考える。火を見つめてうなだれているその姿の、なんと弱々しく見えることだろう？

自分が捕方に追われて神田川を泳いで渡ったころから、この男はつけてきたらしい。檜を屋敷へ帰してやるために駕籠屋を捜して書面を持たしてやるときも、この男は見ていたのであろう。そのうえ執拗《しつよう》に勝負を迫る気配を見せながら、今は自分に休養の時間を与えようとさえしているのである。

その気持ち——少なくとも、三四郎には、そのあけっぱなしな、一本気な感情が、今はすなおに受け入れられる気がしてきたのである。

「寝たらどうだ」

銭鬼灯の細い左目がじろっと三四郎をねめつけた。三四郎は無言でうなずいて、裸のままいろりのそばへ横になった。その足もとへ、銭鬼灯は、おのれの着替えであろう、小袖を一枚むぞうさに投げてよこした。

「かたじけない」と思わず礼を言ったのへ、

「言うなッ！」

はげしいはねかえすような語調で、

「恩をうるんじゃねえ。さッさと寝ろ、明朝は存分相手になってもらうぞ……」

三四郎はその小袖をからだにかけて、微笑しながら目をとじた。

はげしい疲労にどろのような眠りにおちていた三四郎は、その時、はっと目を開いた。


あれから何刻《なんどき》たっているであろう？

夢の中に聞いた驟雨《しゅうう》の音も、いつかおさまってかすかに雨だれの音が響いてくる。

銭鬼灯は柱に背をもたせかけ、腕をこまぬいたままうなだれるように眠っていた。

炉の残り火が、そのやせた姿をいたいたしく照らしていた。三四郎はそのくちびるをじっと見つめた。この男が、今なにか叫んだように思ったからである。すると、そのくちびるがわずかにけいれんしはじめて、深い、絶え入るような吐息がほっともれた。そ

して、今度は、低いがしかし、はっきりと、

「お、お銀！」

まるで、血をはくようにせつなげな声音でさえあった。三四郎の視線は、その男の片ほおをすっと一筋流れておちた涙の跡へくぎづけになっていた。

（夢に、人の名を呼びながら泣いているのだ、この男は……）

三四郎は、表面に強がりを言いながら、その実人なつこく弱々しいその本性を、今こそはっきり見せつけられたような気がしたのだった。

（お銀？　自分の知っているあのお銀殿のことであろうか？）

お銀と銭鬼灯との間のできごとも、またそのできごとのためにこの男がどれほどなやんでいるか……悪鬼の化身のように言われているこの男としては、まるでほんとうとは思われぬほど、はげしい自責の念にもだえて、その家も、親しい子どもたちもすてさまよい歩いているのだということも、三四郎は知っていない。

もしそれを三四郎が知っていたとすれば、もっともっとこの男の人間性に同情の念を催したであろうものを。

しかし、三四郎はそのまま立ち上がった。

その弱々しさに触れれば触れるほど、三四郎は闘志を失っていく気持ちがする。少なくも、この恩怨《おんえん》いずれとてない男と、まだまだ大義のためにも大切であるこの命を賭《と》してまで勝負を争うことの愚かさを感じてきたのだ。

びょうぶの衣類はほぼかわき上がっていた。

手早く着直して両刀をとると、三四郎は足音を忍んで土間へおりた。雨戸をそっと開くと、表は既にほんのりと白みはじめている。だが、三四郎が一歩表へ踏みだした瞬間であった。

「おいどこへいくんだ?」

(しまった!)と思って、反射的に走りだそうとした背後に、その男の飛び立つ気配と、同時にガッ!　と空気のつんざける音と……

鉄鎖とその先端についた分銅のうなりを、とっさに三四郎はからくも避けたが、不意をつかれて危うくのめりそうにたたらを踏んだ。立ち直った、と見る三四郎の前には、風よりも早くくさむらを横切った銭鬼灯の影が既に道をふさぐように立ちはだかっていた。

「どこへもやらねえ。かってなまねはさせねえぞ。行きたきゃ、このおれをたたき斬ってからにしろ。きのどくだがその刀を抜いてくれ。ああ、夜がしらむ。いい勝負びよりじゃねえか」

あの弱々しさは、全くあとかたもない。なんという強烈な闘志、すさまじい殺気であろう！

もう、走ってのがれるすきもない。

相手の殺気におされたかたちで、三四郎はたじたじと二、三歩あとへ押しもどされた。

（なんという執拗さであろう！　それまでにして争いたいのか。何のため、何の恨みで？）

むしろこの男をあわれんでさえいる三四郎である。むだな争いは避けたい気持ちで守勢についている三四郎の呼吸を、しかし相手はかえっていらだたしそうにはねかえしてくるのだ。

「やろうッ！　おつにすますな！　抜けッ！おれはてめえと友だちになるつもりで宿をかしたんじゃねえ。てめえのまっかな血が見てえばかりの心づかいだったんだぞ。恨みじゃねえ。ただてめえの腕っ節にほれて、どうにもただはおけねえほどにのぼせちまったんだ。おれの悪い病気と思ってあきらめて、さあ、気持ちよく抜きなってことよ。抜かねえたって、おい！　ぬかしてみせようかッ?!」

理も非もなく、この男は三四郎に一刀を抜かさずにはおらぬつもりらしい。しゃべりながら、そのやせた長身が、じわじわ右へ左へと微動していったとおもうと、

「がっ！」

気合いとも怒声ともつかぬ叫び声といっしょに、その影は土蜘蛛《つちぐも》のように両手を開いて地をけった。耳たぶをあやうくかすめて過ぎた分銅のうなりをはっきり意識しながら、三四郎はさっと四、五尺もわきへとびのいて、ほとんど無意識に大刀を抜きはなって、その分銅のつばめ返しの襲撃に備えていた。

「みろッ！　抜いたッ！」

欣然《きんぜん》たる銭鬼灯の声である。

「おい！　やるなあ、若《わけ》えの」

もはや、三四郎になにをちゅうちょしている余裕があるだろう？　前面に立ちはだかったその声は、全身に殺気をみなぎらせて厘毛の仮借も見せず鋭くすきに食い入ろうとしているのだ。

やむなく抜いた刀ながら、相手の気魄にひき入れられて、今、三四郎の闘志はあかあかと燃え上がってきた。たくましく張った両の肩に、力こぶが隆々と盛り上がり、踏んまえた両の足はそのまま大地にめりこんだように微動さえしない。銭鬼灯も、既に堅くくちびるをむすんで、その蒼白《そうはく》な顔は、むしろ陰惨に見えるまで鋭さに沈んできた。

このあたりくさむらが続いて、その先は桐林。天も地も朝もやに押し包まれて、寂として風の声さえ聞こえない。

銭鬼灯は、その胸のあたりにある左手に刃の折りたためる特異な形の鎌《かま》を持ち、だらりとさげた右手は、鉄鎖の先端についたあのすさまじい分銅を握っている。糸のように細く見開いた隻眼が、その胸の中の暗さを思わせるような冷たさで、じっと、またたきすらせず、三四郎の呼吸を凝視していた。

どちらも動かぬ。動けば動いたすきにつけ入ってくる相手の攻撃が知れきっているからだ。

と——それはどちらから動いたのだろう？　いや、おそらく同時に両方からしかけたのかもしれない。人も空気も草の影も、ただ黒いひとかたまりに、がっと揺れ動いたとおもった瞬間、鉄の焼けるにおいといっしょに、暁の空へ黒い血しぶきが水をまいたようにさっと散った。

三四郎も銭鬼灯も、さっきと同じ姿でにらみ合ったままである。ただふたりの立っている位置がちょうど反対に入れかわっただけだ。

三四郎の小鬢《こびん》から、細く糸のように血潮が一筋したたっている。飛来した分銅が、払った刀のつばにはずんでその小鬢をかすったのである。その払い方がほんのわずかおそすぎるか、あるいは弱かったら、さすがの三四郎もまっこうを打ち破られて、おそらく再び立ちえぬほどに打ち倒れていたであろう。

また、銭鬼灯は、三四郎が分銅を払いながら、じゅうぶんに踏んごんで横ざまにたたきつけた剣の先端は、浅かったが相手の肉を裂いていた。銭鬼灯の左の肩口からふき出す血が、みるみるその半身を染めつくしていく。

三四郎の呼吸は荒かったが、相手のはさらに激しくはずんでいた。火をはきそうに、目をじっとからみ合ったままでいる。気合いもないし、もうまたたきすらする余裕もない。

三四郎の額に、あぶら汗がじっとりとにじみ出てきた。銭鬼灯の顔は、それ以上にもう血の気が全くうせている。

しかも、このふたりの間の空間には、互いに寸歩も譲るまじき闘志と殺気がみちみちているのだ。しょせん、いずれかが傷ついて倒れずばやまぬ自然のなりゆきであろうか。

そのころ、そこからそうは離れていない街中を、もつれながらよろめいていく男女の影があった。

「あねご、あねご……さ、もういいかげんに帰りましょうよ」

そう言った声は米五郎である。ほとほともてあましたというように、

「あれあれ。そんなところへ寝ちまっちゃあ困るじゃござんせんか……」

「なにを言いやがるんだ、おためごかしにさ……へん！　男の言うことなんて、皆おてまえかっての、お都合よしのことばかりじゃないか。おい！　あんちゃん。寝ちゃあ悪いのかい？　あたしにほれてやがるくせに……お望みなら寝てやろう。さあ、いっしょに寝てやろう。米公。寝てやろうってんだよ。お銀さんが……」

「困っちまうなあ、あねごにゃあ……そんな大声でくだを巻いちゃあ、もうそろそろ夜があけるのに、近所で驚いて目をさましますぜ」

「へん！　やいてやがる。あたしのいろごとをやいてやがるんだろう？　なんでえ！　銭鬼灯！　化け物やろう！」

「わかってますよ、化け物やろうのお話は、さあ……おとなしく帰りましょう」

「けちけちおしでないよ。もう一軒二軒つきあいな」

「これだから、あねごのお供はまっぴらだってんだ。酔っぱらっちゃあ、賭場《とば》であばれて……さっきなんざあそのからだを張ったりしなすってさ。もう少しで、満座の中ですっ裸にされていい恥をかくところだったじゃござんせんか。いいかげんになせえましな、あねご。そ、そりゃあ、おまえさんの胸の中の寂しさは、だれよりもあっしがよく知っていますがね」

米五郎の声がしんみりとなる。

「あれあれ。そんなところへ寝ちゃっちゃ、だめですよ」

「いいよいいよ。ほうっておきな」

「ほうっときな、じゃあござんせん。着物がどろだらけになりまさあ」

「米さん、あんちゃん。ご親切ついでに、水を一杯所望といこうか」

「水？　水ったって、まだご近所をたたき起こすのは早すぎるし……ああ、そうそう、この先に井戸があったはずでさあ、行きなさりますか？」

と、指さした方角は、ちょうどあの桐林のあるあたりであった。

「いくともね。う、うーい……米公、肩をおかしな、おまえにも、なんだかだと世話になるねえ」

「なんて、急に改まると少々薄気味悪くなりまさあ」

「いいえね。ほんとうさ。いっそ、おまえとどこかへ逃げていっちまおうかしら」

「そりゃほんとうですかい、あねご？」

「なあんて、畜生！　甘い顔を見せりゃあすぐ鼻の下を伸ばしてつけあがってきやがる。だから、あたしゃ男が大きらいなんだ」

「大きらいな男の中でも三四郎さんだけは例外だってね。へへへ……」

「よしゃあがれ、唐変木！」

「ああ、悪かった！　もう三四郎さんのことは申しません。かんにんしてください。あねご……」

「…………」

お銀は、急にむっつりと黙りこんで、なにか物思うようにうなだれてしまった。足重たげに、ふっと立ちどまる。

「よそう」

「へ？」

「水はもう飲みたくないよ。少し寒くなった。帰ろうじゃないか……」

その、にわかにしんみりとしたお銀の声に、

「へい……」

と言ったきり、米五郎は言うべきことばもないようにしょげこんだ。きびすをかえして、街のほうへもどりかけようとする。


その時、思いもかけぬ間近のくさむらのかなたから、はげしい、鼓膜をつんざくような気合いといっしょに、形容もつかぬ鋭い物の動く気配が伝わった。

「や？」

ふたりとも同時に足をすくめてふり向いた。

「お！　だれかいますぜ、あねご……ふたりだ！　や、果たし合いですぜ！」

「しっ！」

その声を、お銀は手を振って押しとめて、

「米公！　あ、ありゃあ……あの方は？」

「えっ？」

お銀は、顔色を変え、身をすくめて凝視していたが、とたん、

「あぶないッ！」

叫んで、走りだしたのは、ほとんど無意識のことであった。三四郎の振りかざした刀身には鉄鎖が一巻きからみついて――

刀を引けば折れるであろうし、鉄鎖をたぐって鎌の一撃を加えようとすれば、そのまま刀の先端が胸へ来る。そういう切迫した両すくみのまっただ中へ、お銀はすそもあらわにおどりこんできた。

「あ？　あぶないッ！」

叫んだのは、米五郎か、お銀か……それとも銭鬼灯、三四郎のいずれであったろうか？　触れる、と見て、一瞬はじかれたように左右へ飛びすさったふたりの間の、今にも火を発するかとばかり熱した空間を、お銀はのめりそうに泳いで叫んでいた。

「やめろッ！　やめてくださいッ！」

三四郎の白刃と銭鬼灯の鎌の刃を、右と左につかんでもおさえかねまじき剣幕である。

「やめて、やめてッ！」

お銀の踏ん込みが、もう一歩おくれたら、その身はなますになっていたことだろう。飛びのいて、間髪を入れず再び合しようとした必殺の気合いが、不意の闖入者に愕然として右左へくずれた。

「あっ！　お銀ッ！」

「お銀殿かッ！」

「やめて！　やめて下さい！　刀をお引きください、三四郎様。大切なお身ではございませぬか！」

お銀は取りすがるようにして三四郎をおしもどしながら、その人をおのれの背後にかばって、銭鬼灯をにらみつけた。

「やろうッ！　畜生ッ！　出やあがったな！　人でなしッ！　どうでも神奈様にご無礼をはたらくのか？　てめえなんか、このお銀でたくさんだ。やろう、やる気なら、このお銀のからだからかたづけてかかりゃがれ！　やい！　やれるなら、みごとやって見ろ、畜生ッ！」

　その時の、銭鬼灯の姿ほど異様に見えたものはないであろう。土け色に血のけを失った顔が、一瞬、泣きだしそうにゆがんできた。そのくちびるは、なにかもの言いたげにかすかに震えたが、ついに開かず、すぐ、陰気な片いじな鋭さに眉がつりあがって、お銀と三四郎の姿を冷たくじっと見渡した。

「なんとか言え！　言えないだろう、人でなし！　あたしゃ……あたしゃ、おまえに言いたいことがあるんだ。でも、言ったってどうなることだろう！　ああ！　言ったってどうなるんだよッ！　とっとと、消えてなくなりゃあがれ！」

　銭鬼灯は明らかになにか言いたがっているらしい。お銀の顔を凝視しながら、ぐっと一歩踏み出した。が、そのままためらって……

　突然、その肩が、表情が、がっくり弱々しく力を失った。今までの、血に飢えた悪鬼の仮面を脱ぎおとして、その本心を明るみへ、つい、さらけ出してしまったというふうに……

　とおもうと、その弱々しさをふたりの前から押しかくすように、くるっときびすをかえして、ものも言わず足早に歩きだした。桐林のかなたへ、消え入ろうとしているその影の、なんといいたいたしくやせ細って見えたことだろう。

お銀は、へたへたと力が抜けたように三四郎の足もとへうずくまって、あえぐように言った。

「三四郎様……」

(……おなつかしゅうございまする)

でも、それを口に出して言うことのかなわぬお銀である。

「お銀殿。不思議なところでお目にかかるものだのう。おお! 米五郎殿もおられるか。その節は、口に申せぬほどお手厚いお世話にあずかった。まだ、しみじみお礼も申さずにおったが……まことにかたじけのうござった」

「いいえ! お礼など、めっそうもございませぬ。それよりも、三四郎様。この……このお銀の悪者を……お、おしかりくださいませ!」

お銀は三四郎のすそにすがって、はげしくむせんだ。

くさむらの中へべったり坐してしまったお銀の姿を、三四郎は眉をよせて見やりながら、片手にさげたままでいた刀を草の葉でぬぐって静かにさやへ納めた。

「お銀殿。濡れる。お立ちなさい」

三四郎に優しく声をかけられると、お銀はかえって深くうなだれて、

「お姿を見、お声を聞きますと、お銀はいよいよおかした罪の恐ろしさに震えるばかりでございます。ああ！　なんという愚かしい女でございましたろう！」

三四郎はお銀のそばへしゃがみこんで、軽くその肩へ手をかけた。

「あなたは何をなされたのか？　わびるとか、罪だとか……みどもは、あなたには口につくせぬ深い恩義を感じこそすれ、わびを申される心あたりもなし……」

「そうお優しくおっしゃられまするると、お銀はますます申し上げにくくなりまする。

三四郎様！　お銀は……お小夜様を売りましたッ！」

「お小夜を？」

あまり突然で、三四郎にはその言葉の真相が受けとれなかったのである。

「は、はい！　お銀は、お恥ずかしくも、恋に……いいえ！　嫉妬に目がくらんで、罪とがもないお小夜様を……赤吉に、あの銅座《あかざ》の赤吉めに売ってしまったのでござりまする……」

「…………」

三四郎は、ぎょっとしたようにお銀の肩から手をはなして、その顔を、姿を、まじまじと見おろすのだった。

「お銀は嫉妬に目がくらみました。ねたましさに胸がはりさけるばかりでございました。ならぬことを、望んで、恨んで……なんという愚かしい、あさましい女でございましたろう！」

お銀の声は、せきを破った奔流のようにくちびるをついてほとばしった。

「その時、お小夜様は、柳沢様のお屋敷からただひとりのがれて出て、悪駕籠屋に苦しめられておいでだったのでございます。お銀は酒に酔って、もうその時は動転しておりました。ねたましくて、くやしくて……前後の考えもなく、赤吉のところへ連れこんでしまったのでございます。三四郎様、お銀の、その時の気持ち、おわかり下さいましょうか？　いいえ、お憎しみが当然でございます。殺してもあきたらぬとお思いでございましょうね。お銀でさえ、憎たらしくて憎たらしくて、この身を切りさいなんでやりたくさえ今は思っておりますものを」

（知らぬうちに、お小夜殿はそんな苦しみにあっておられたのか？）

三四郎は胸を焼け火ばしで貫かれたようなはげしい痛みを感じた。しかし、今ここに涙とともに打ちしおれているお銀を、三四郎は憎んで叱責する気にはなれなかった。

女の気持ちほど不思議なものはない。しかし、それほどまでにつきつめていた心につゆ気づかず、なれなれしくしていた自分のうかつさにも多少の責任なしとは言えぬかもしれぬ。

「三四郎様。このからだを、打って、突いて、殺してお気がすむものならば、どうぞそうしてお胸をはらしてくださりませ！」

お銀の肩がわなわなと震えていた。

「それで、その後お小夜殿はどうなされたか？」

お銀を叱責するかわりに、まず三四郎の口をついて出た問いがそれであった。

お銀は両手をついたまま、顔もあげえない。

「あとで……すぐ、あたしも自分の愚かしさに気がつきました。そうして、赤吉の屋敷へ、お小夜様を取りもどしにいったのでございます。ところが、赤吉はなんだかだと言いのがれして……しまいには、いつ行っても、居留守をつかって会いさえいたしませぬ。酒の酔いを借りて、あばれ込んだことも二度三度でございました。けれども、私のあがきくらいがなんになりましょう。お小夜様は、今ごろもきっと、あの屋敷の奥深く閉じこめられて……」

「あやまちはあやまちとして、よくぞ進んでお打ちあけくだされた。みどもはあなたを憎む気にはなれぬ。お小夜殿も事情がわかれば、きっとあなたを許すでござろう。もし神のご加護があるものならば、お小夜殿はまだ無事で……純潔な姿でおられることと考える。さ、こうなっては一刻も早く救い出す手段をめぐらすことだ」

三四郎は草の露を払ってさっと立ち上がる。

お銀も、そのすそにとりすがるように立った。

「ああ！　三四郎様。このお銀をお憎しみもなく、お許しくださるのでございますか？」

「お銀殿。憎しみは、こういうときにわくものではござらん。心と心が触れ合えば、どんなあやまちもとがめるまでにはいたりますまい。世の中には、もっと大きな、憎んでも余りあることが平然と行われているのだ……」

三四郎は、私欲のために肉親を殺戮《さつりく》し、しかも天下の大義を歪曲してはばからぬ一族のことを言おうとしたのだろう。

しかし、三四郎はつかつかと既に歩きだしていた。

「お銀殿。赤吉の住まいはどちらでござるか？」

「ご案内させていただきます」

お銀は元気をとりもどして先に立った。

（お小夜殿。三四郎はお身をお救いいたさずにはおきません。赤吉とやらの屋敷がどれほど堅固で奥深かろうとも、二日三日……幾日かかるか、必ずみどもの参るのをお待ちください！）

三四郎は、お小夜の幻をまぶたに描きながら、自分自身に申し渡すように繰りかえし、そう心に叫んだのだった。


しばらく黙々と歩いていた三四郎が、なに思ったたか、

「お銀殿……」と、二、三歩前を歩いているお銀の背へ声をかけた。

「あなたは、あの銭鬼灯という男と、もしやお知り合いではござらんか？」

「えっ？」

一瞬、お銀の顔は、かーっと赤くなって、それからすぐ、紙のようにあおざめた。

（も、もしや……あのことを、三四郎様がお知りになったのではあるまいか？）

「いや。実は昨夜、思わぬことから銭鬼灯と一つところに眠ったのだが……そのおり、あの男がしきりにお銀という名を呼んで、泣いていた姿を思い出したので、もしやそのお銀というのがあなたではないか、と思っただけです」

なにげなく言った三四郎のことばに、お銀ははげしい衝動を感じたように、一瞬凝然と立ちどまりさえしたのだった。

浮田の八宝

あああ——あ。大きく伸びをして、仙海はむっくりと起き上がった。

柳沢邸の、あの書庫の内である。どこからかほんのりと薄あかりが洩《も》れてくるのは、夜が明けたせいであろう。

（やれやれ、水が飲みてえ）

赤吉のわなにおちて身動きもならず監禁のうきめをみているのに、この男はまるでそれを意に介していないのだろうか、のんきにそんなことをさえ考えている。

（この宿屋は客扱いがひどく悪いわ。ふとんはかてえし、風通しはまるでないときてやがる。が、まあよかろう。このぶんじゃ、五日十日と長とうりゅうになるかもしれねえて……）

調べるだけ調べつくしたが、この部屋は内から破ることは絶対に不可能である。

（せめて、小のこ一挺《いっちょう》ありゃなあ。だが、おれがここへ閉じこめられていることは、このおれ自身と赤吉とのふたりしか知ってはいめえ。筑紫屋の卯蔵をはじめほかの配下のだれひとりも知るはずもねえし、知らせてやる手段もつかねえ。ところへ、赤吉のやろう、このふところの髑髏銭二枚と精撰皇朝銭譜をねばっこくねらっているときてやがる……が、まあ、いいさ）

仙海は今まで寝ていた銭箱の上へ腰をおろして、ふところから精撰皇朝銭譜をとり出した。

（暇がありすぎやがる。ひとつ、勉強といこうかな……）

絶大な自信がいかなる危険に直面しても、この男を少しも動じさせないとみえる。

それは、手すれて古びて、たしかに一度は水をくぐったことのある本であった。その表紙には、かつて仙海が天井裏に忍んでいたとき、檜の投げつけた懐剣を足へうけてしたたった血の跡が、赤黒く点々としみついていた。

表紙をめくると、

他見無用たるべきこと

明暦二丙申《ひのえさる》　　浮田左近次識

（左近次ってなあ、銭鬼灯のおやじだな）

そして、さらにそのあとへ長々と序文がつらねてある。一行、二行と、読んでいくうちに、仙海は、しだいにひき入れられたように、目を輝かせてきた。

集めるは難く、散るがやすきはものの定めなり。浮田に生をうくる歴代の者ひとしく古銭を熱愛し、われまたその血をうけてその道に没頭す。奇銭珍貨ようやく山積し、一度散逸せんか再び収集するの難きを恐れしむ。しかるに、これを伝うべき児いまだなく、またわれようやく老境をおぼゆるにいたれり。すなわち、本書を残してやがて浮田の血を継ぐべき者にこれをのこす。わが子孫よ、心してこれを読み、心してこれを伝えよ。

ここに特に述べんとするところは、すなわち浮田の家系、浮田の伝説、浮田の八宝、しこうしていわゆる髑髏銭の数項なり。

そもそも浮田家の先は六百年の昔、七十四代鳥羽天皇の御代《みよ》に発す。浮田兵衛を名のり尾瀬大納言藤原頼国卿が臣たり。のち、頼国卿平清盛に追われたまい、越《こし》の国栃尾又《とちおまた》に来たり、さらにのがれて枝折峠を越え、渓谷を渡って尾瀬地にはいられたまいしに、兵衛一族を率いて扈従《こじゆう》す。伝うるに頼国卿没したまうや家臣離散しついに尾瀬藤原氏滅せりと。ただ兵衛のみ節を持してその地にとどまりわが祖父の代に至る。祖父その地を離れ江戸に住みて死するや、わが父左門われをたずさえその地に至らんことを試み、ついに果たさざりき。

そもそも尾瀬の地とはいずこぞ。関八州北に果つるところ山波重畳と巒気《らんき》にかすみて越後に接す。そのあたり尾瀬の沼山の名を伝うれど、よくその地に至るの道を知る者絶えてなし。

そもそも浮田兵衛古銭を愛し数多《あまた》収集ありしが、中にも皇朝十二銭ならびに開基勝宝太平元宝の奇銭を加えたる十四枚をかたく秘蔵し歴代これを伝う。いずれも裏面に髑髏の刻印を打つがゆえにこれを髑髏銭と通称しいわゆる浮田の八宝が所在を尋ぬるかぎなりと称す。

浮田の八宝とはなんぞ。尾瀬大納言頼国卿尾瀬の地にありて再挙をはかり志ある者と通じひそかに集積せる金銀武具のたぐいなりと伝え、その埋蔵の地は広く関八州に及ぶ

という。すなわち、

一、一万の兵を動かすに足る砂金
一、二十のおけに満ちたる銀
一、五十のおけに満ちたる銅
一、二百の将によろわしむべき甲冑《かっちゅう》
一、一千の兵に与うべき武具
一、一百巻の大蔵経
一、三駄の香木
一、無尽蔵の大銀山

妄語《もうご》か、あらず。伝説か、あらず。浮田兵衛八宝の所在を確認しそれを子孫に伝えんとして十四枚の秘蔵銭に刻印し髑髏銭を作りてのこしたるも、いかにせん後世のなんぴともいまだそのなぞを解きえざるを。

仙海は本から目をはなしてふっと吐息をついた。さすがの彼も少なからず興奮している。

（……髑髏銭、浮田の八宝、尾瀬の沼山……おい、仙海！　大将！　しっかりしてくれよ。六百年、地にうずもれて、なんぴとも解きえなかったなぞだぞ。ああ！　大将。この世の中にはなんていうすばらしいことがころがっていることだ！　が、おい待て。この髑髏銭の秘密は少なくともかつて一度これを解いたやつがあったはずだ。あの銅座の赤吉の一味のやつがさ。明暦三年、あの火事の晩に、浮田左近次を殺してその銭を盗みとったのがそのやつらだった。ところが、そのなぞを解いたひとりが、赤吉はじめ一味のやつらを裏切って、火事のどさくさまぎれに髑髏銭をどこかへかくしてしまって、おのれひとりその秘密の土地へ出立したんだ。けれど、そいつは、きょうの日まで音沙汰ない。おそらく、そこへ着く前か、着いてからか、死んでしまったもんだろう。それから三十有余年……よくぞうずもれていてくれたなあ、髑髏銭。二万の兵を動かすに足る砂金……三駄の香木……無尽蔵の大銀山……待ってなよ、浮田の八宝。もうじき、おれが行く。仙海が立ち上がる）

言いながら、仙海はほんとうに立ち上がって、そこらをいらいらと歩きはじめた。

と——トン、トン、トン……入り口の扉を、軽くたたく音が聞こえる。

仙海は立ち止まって、じろっとそのほうをねめつけた。すると、板戸のすみの、細いすきまから、細くたたんだ紙きれがそろそろと中へ押しこまれてきた。

（畜生！　また、赤吉のやつ！）

そんな巧みな忍び足を持っている者は赤吉のほかにはありえない。鋭い仙海の耳にさえ、立ち去っていくその足音はついに聞きとることができなかったほどであった。

その紙きれを、仙海が拾い上げる。

はたして――

またまた、念仏の親方さんへご機嫌いかが。だいぶ住みごこちがよろしき様子
二日三日、飲まず食わずはなんのその
さすが日本一の大どろぼうさ。
だが、十日二十日となるとどうなるね。
ご心配にござなくそうろうや、お小夜の操、三四郎の命。一大事出来《しゅつらい》とご承知あるべくそうろう。
恐惶謹言《きょうこうきんげん》
ご存じ赤吉

（やろう。あじをやりやあがる……）

仙海は苦笑しながら、その紙きれをこなごなに引き裂いて捨ててしまった。

（お小夜さんと三四郎さんを引き出してきて、このおれをいたぶろうってのか……そうだ、お小夜さんはどうなったろうか！　ゆうべのうちに助け出すつもりでいたのに、あぁ！　まさか、むざむざあの色将軍のえじきになってしまいなさりはすまいだろうな。それに三四郎さん。命がけの大しばいを打ちなすったはずだが、うまくいったか？　せめてもう一度ご無事な顔が見てえもんだ。三四郎さん、しっかり生きていておくんなせえよ。この仙海は、おまえさんという人に、よっぽどほれこんでいるとみえるて、おまえさんなしの世の中は、とてもあじけなさすぎて、どうにもおれはしんぼうができそうもねえ気さえしてきていまさあ。とはいえ、やい！　坊主。てめえもなんていういくじなしだ！　これしきのわなから、なぜ抜け出られねえんだ。今までにてめえにできなかったことは、ついぞ無かったはずじゃねえか……）

仙海は野獣のように興奮して、書庫の中をくるくる歩き回った。しかし、脱出の不可能なことは知れきっているのだ。やがて、ふっと足をとめる。いつの間にか冷静にもどったその顔には暗い憂悶《ゆうもん》のしわが濃くかげを作っていた。

だが、書庫の中で既に三日の日が過ぎていった。飢えやかわきには、五日でも、十日でも、びくともせず耐えうるだけの修練を積んでいる仙海である。

かつてさる大名の屋敷へ忍び入ったときには、いちじ既にあぶなかったところを、天井裏に十五日間身動き一つせずうずくまっていて、ついにのがれた経験さえ持っている。しかし、

（ああ！　三四郎さん。お小夜さん……）

ふたりの愛する若者の身の上を考えると、仙海の胸は苦悩に締めつけられるようだった。

（ふたりの身に、たしかなにかあったんだ……）

仙海は、その気がかりのためにしだいにいらだってきて、ついにその日意を決して板戸のすきまへ一本のこよりを差しこんだ。赤吉の求めに応じて髑髏銭二枚と精撰皇朝銭譜を引き渡す意志を示したわけである。

（おい！　赤吉、喜びな。念仏の仙十郎といわれた男が、生まれてはじめて人さまに妥協を申し込んだ。大笑いよ。はっはっはは……）

赤吉にとって、まるでわが家のように、なれなれしく出入りしている柳沢邸であった。ことにこのごろは、毎日必ず一回はかかさない。そして、いつの間にか書庫の前へ忍び寄っては、ねばっこく脅迫の紙きれを差し入れていくことを忘れないのだ。他人の家の中へ、だれにも知らさず強敵を監禁しておく——この男の好みそうな、皮肉にも大胆不敵なやり口ではある。

今も人目を避けて巧みにその戸口へ忍びよってきた。見ると、いつもと違ってその戸のすきまに、中から一本のこよりがさし込んであった。

（ふふふ、仙海め。とうとうかぶとをぬいだな）

やけどで醜く引きつったその顔が勝ちほこったようにえみくずれた。ほとほとと板戸を軽くたたきながら、

「念仏の……念仏の」

と、ささやくような低い声で、

「いいところで手打ちになされたの。ちょうど今、お小夜さんと三四郎さんの身の上に思いもかけぬ一大事が起こりかけていますのさ」

言いながら、にやっと歯をむき出す気味悪さ。

「その一大事ってなあ、どうしたことなんだ？」

　仙海の声が聞こえて来る。

「それは言うまい。言うと売り物の値がさがる。ここを出てからご自分で調べること
……」

「なにを言いやがるおいぼれやろう！　言え！　もったいをつけやがるな」

「へへへ……」

　口では笑ったが、おいぼれと聞いた刹那その形相が身の毛もよだつばかりのすさまじさにさっと変じた。

「言いますまい、言いますまい」

　中では、仙海のいらいら歩き回っている足音が聞こえる。

「念仏の……二枚の銭と皇朝銭譜お手放しの決心がついたのだろうな？」

「くれてやる。が、先ずここをあけろ」

「あけたとたんに、その指先がわしの首をしめつける……ぶるぶるぶるさ。腕ずくではかないっこありませんからね。で、まずこのすきまから、のこを差し入れる。入れかわりにすきまから所望の品々を頂戴してわしは退散する。親方さんのことだもの、のこ一

挺もてばここを抜け出るのは朝飯前でございましょうて……」

「よし。手打ちだ。なんでもいい。早くしろ」

「おせきなさいますな。ただいま、のこをさし入れます。銭と本、お忘れなくお願いしますよ」

赤吉は、柄を抜きとった細いのこぎりの歯を一枚、戸のすきまから中へさし入れた。中で、しばらくコトコト音がしていたとおもうと、やがて、すきまから、先ず二枚の銭——あの黒猫の腹中から出た開基勝宝と太平元宝とがころがり出て、続いて、まぎれもない精撰皇朝銭譜がそろそろと押し出されてきた。

それをぐっとわしづかみにするや、赤吉の顔に鋭い殺気の気配がむらむらっとのぼった。

口だけは相も変わらぬへらへら調子で、

「さすが、日本一の大どろぼうさま。よくぞ、じたばたなさらず、さらりと渡しておよこしでした。いや、このうえともせいぜい、じたばたなさいませんようにな。へへへ……」

意味ありげに不快な笑い方をして、あとをも見ずに立ち去っていった。

縁側に近い柱へ背をもたせて、保明はうつうつと庭へ目をやっている。空はどんより曇って、湿度の高い空気がじめじめと肌にきみわるい。

このごろ、ひとりいるときには、知らず知らずこうして思いに沈む保明になっていた。

神奈三四郎という男——保明はまだその男の顔さえ見ていなかった。しかし、檜をとおし、先夜の事件をとおして、その男の印象は既にあざやかに胸に映っている。ただ単に個人としてその青年を考えるとき、保明はなにがなし好意をもたずにはいられなくなる。しかも、今その男は綱吉の逆鱗《げきりん》にふれて最悪の反逆者として追われているのだ。自分はかれを追捕すべき命をうけ、既に江戸全町をめぐってきびしい網が張られてしまったのだ。その青年が、大納言忠長卿の孫と名のる以上、おのれには主筋にあたっているる。祖父柳沢弥左衛門はかつて忠長の臣たりしことがあったからである。情けとして、できれば助けたい。しかし、ことの勢いはまたすべてを終わらしめるかもしれまい。

さて、綱吉のその夜以来の不機嫌は、執心のお小夜を献ずるまでは癒《い》ゆべくもなく見えるのだ。しかも、そのお小夜のゆくえはようとしていまだ知れない。

だが、保明をうつうつたらしめたものは、三四郎のできごとでも綱吉の不機嫌でもなかった。檜——あらゆることに直面してかつて動じたさまを見せたことのない保明をこれほど人間らしく、これほど弱々しく思いに沈ませたものは檜のこと以外にあるはずはなかった。

全身に手傷を負い、衣類は裂け、頭から水に濡れて、その夜ぼうぜんともどってきた檜。

それ以来、だれとも、保明とすら、一言だに口をきこうとせず、魂を失った人のように、夜も昼もただあおざめて顔を伏せている檜。

檜は言わずとも、密偵の報告が次々にその耳に達しておおかたのことは知れている。だが、そんなことが保明の心をどれほど休ませてくれたろうか。天下の政権を隻手にあやつる保明が、檜の吐息を聞いて、おのれもまたなすすべもなく吐息をつくのだ。人前では、心の片鱗すらのぞかせぬ保明が、ひとりいるときの、がらりと変わったその弱々しい姿……

保明はびくっと顔を起こして、たちまち常の、冷たい剛毅《ごうき》な表情にもどってしまった。

　近寄ってくる足音が聞こえたからである。

「ごぜん。ここにおいででございましたか……へへへ……英雄閑日月、句作の三昧境《さんまいきょう》……というやつでいらせられまするな？」

　いやらしいついしょう笑いをへらへらうかべながら、そこへはいってきたのは赤吉であった。

　さては、仙海と取り引きをすませた足ですぐさま書庫からここへやってきたものとみえる。

　いずれこの男のことだ、腹にいちもつもにもつもあってのことであろう。

「黒鼠《ねずみ》、書庫でのこぎりごーりごり……へっへっへ……これじゃどうも句にゃありませんようで……」

　言いながら、うわ目遣いに保明の顔をじろっと見る。

「この屋敷はいつから持ち主が変わったのか？」

「へ？」

「赤吉」

と、保明は露骨に不快そうに眉をしかめた。

「そのほう、近ごろは毎日のように当家へ姿を現すではないか？　そのうえ無断でわがもの顔に屋敷じゅうをうろつき回っているとか聞く。いつから当屋敷の持ち主となったのか？」

「いや、これはどうも手痛いお皮肉で……辛辣骨を貫くというやつでございますよ。いやはや、赤吉顔色ございません。まことにどうも……が、ごぜんさま。と申すも、ごぜんさまへの忠義を思えばこそでございましてな、ごぜんさまのおんためおんためと、赤吉めはそればかりを考えて、骨身もやせる騒ぎでございますよ。いえ、決してしゃれや冗談ではございません。きょうもきょうとて、ただひと言おほめにあずかりたいばかりに、年老いたこの老爺《ろうや》がこうして参上いたしましたものを……」

「しゃべりつかれたであろう。大儀であった。帰り道は存じておろうの？」

「へ……」

と首をすくめて、じろっと保明を見る。

「帰れと仰せでございまするか？　では、もどりましょう。が、まあ、ごぜんさま。ひとまず、あれへお目をお注ぎくださいませ。あれ、あの庭先の、植え込みの陰でございますよ」

　赤吉がのび上がって指さすほうに、駕籠らしいものの形がちらちら見えている。

「これこれ、駕籠をずーっとこちらへ運んできなさい。よしよし、そこへおろしてたれをあげろ。とまあこういったわけでございまして」

　赤吉のかかえ駕籠である。どう門番に渡りをつけたものか。よくもずうずうしくここまでかつぎ入らせたものである。

　たれをあげると、まず、赤い女のそで裏がちらっと目をひいて、それから……保明がぐっと首をのばした。怪しむようにその駕籠の中をじっと凝視する。うしろ手にくくし上げられて、口には固くさるぐつわをかまされた、それはお小夜のやつれた姿であった。

「うむ……」

　保明は深い息をついて、目をとじる。

「ごぜんさま、いかがなものでございましょうか？　赤吉めのなみなみならぬ苦心、忠義のほどが、おわかりくださいましたでしょうか？　公方《くぼう》さまお声がかりのお小夜でございますよ。皆さまがあれほど夢中になってお捜しになっておられましたお小夜でございますよ。それもまあ、まだ無傷で……へっへっへっ……つかまえたのがこの清廉潔白な老人でほんとうにようございました。色餓鬼の手にでもかかったら、もうはやきずものとなって公方さまへの献上もなりますまいものを……。ここらでひとつ、おほめのことばを頂戴いたしたいもので」

保明は黙っている。こうして目を閉じて黙している時のこの人の心の中は、いかなる相手にも察知しえないものをもっていた。やがて、目を開くと、ぽつりと、

「で、そのほう、望むは何か？」

赤吉はぐっと背をおこして、ゆっくりと一、二度舌なめずりをした。

「江戸城のご普請、この赤吉めにご下命願わしゅう……」

「江戸城のご普請か？」

保明は不機嫌のままかすかにうなずいた。

「いいだろう」

「さっそくにお墨付き頂戴いたしたく……できれば、きょうが日にも下検分なりと済ませたく存じまするで……」

「うむ」

保明は気重げにすずりを引き寄せて、白紙へなにやら三、四行さらさらと書き流した。

「これを持って勘定方へ参れ。わかるようになっている」

「へへっ……」

赤吉は畳のほこりをなめんばかりに平蜘蛛《ひらぐも》のようになって、それをおしいただいた。

「ああ、善因善果とはよくぞ申しまする。へい。忠義の報いはかくのごとしで、へい。では、頂戴いたしまする」

赤吉は道化てぴょこんと立ち上がったが、すぐふり向いて、

「おっとっと……うれしさ余って思わず申し忘れていくところでございました。話は俳諧《かい》の件にもどりますんで……黒鼠、書庫でのこぎりごーりごり……へっへっへっ……いやどうもぶっそうな世の中になりました。鼠のやつめ、器用にのこぎりを使いましてな。書庫でも、銭倉でも、たまったもんじゃございません。といったわけで、てまえはおいとまつかまつります。では、ごめんくださいまし」

保明はじっと縁先に立っていた。庭石の上へ乱暴に置き去られた身動きもならぬお小夜の姿へ冷たく視線がそそがれている。

「だれかある……」

保明は声を高くして呼んだ。そして、声に応じて出てきた番士のひとりへ、

「小夜のいましめを解いてやれ。あちらの部屋へ伴って休息させてやるがよい……」

いましめが解かれ、さるぐつわが取られても、お小夜は堅く口をとじてひと言も発しなかった。顔色はあおざめ、手足はやつれ、その目は光を失って暗く足もとを見つめている。赤吉の屋敷にあっての生活がこの娘をどんなにいためつけたことか、どんなにさいなんだことか。

しかし、それを見つめる保明の顔も暗かった。

自己の信奉する目的のためにはいかなる犠牲をも惜しまない保明である。しかし、この娘のこうした姿を見ていると、なぜかその石のように堅い心さえもゆり動かされる気がするのだ。

(しかし、この娘は、けっきょく将軍家の側女《そばめ》にあがるであろう。いや、そうならねばならない。そうせねばならないのだ)

番士に助けられてよろよろと立ち去っていくお小夜の姿を見送っているうちに、保明はなにかしらぎくっとしてあたりを見回した。

（黒い鼠……のこぎり……書庫……）

赤吉の意味ありげな文句が頭の底にこびりついているのである。

保明はにわかに足をはやめて書庫のほうへ歩いていった。見ると、その板戸の前にのこぎりのひきくずが散っている。そして、保明の目の前で、ちょうどその戸の一部がぽろっとえぐれ落ちて二寸四方ほどの穴があいた。その穴からぬっと突き出たほうの手首が、錠まえをさぐりあてると、すさまじい力で、音もたてずひと息にぐいっとそれをねじ切った。

書庫の板戸を押し開いて、表座敷へ抜け出た瞬間、仙海はそこに出口をふさいで仁王立ちになっている人影を認めると、はっと息をのんで、すばやくかたわらの壁ぎわまでとびのいた。

気がつくと、ひとりだけではない。その保明の背後からおっとり刀の侍たちが、突然蜂《はち》の巣をつついたように、この部屋をめがけてどやどやっと駆けよってくるところであった。

「赤吉というやろう、悪党の仁義さえ知らねえ畜生だ。あの男と男の約束をみごとに引き裂いて二束三文にこのおれを売りやがったな！」

だが、こうした瞬間にこそ仙海のほんとうの不屈な剛毅さというものが発揮されるのだ。

追いつめられたあせりがその動作からいちじに消えて、ふてぶてしいくらいの沈着さで、ぬーっと保明のほうへ、二歩、三歩……

出口は既にぎっしりと人の波にうめられて、蟻《あり》のはい出るすきもないのに、どうのがれようとするのだろう。

と、おもったとたん、その仙海の背がぐっとかがんだ。同時に、ふところから抜いた右手がさっと頭上に強く振られるとみるや、火炎と見まごう怪しい白煙が……

「やっ！」

だれか、愕然として叫んだ声である。

その声も、保明のからだも、そして仙海の姿も一つに押し包んで、その白煙はもうもうとたちまち部屋いっぱいにひろがった。

「不敵なやつ！」

「引っとらえろ！　そっちだぞッ！」

白煙の中をひしめき立った人声がいっせいに部屋の中へなだれこんでくる。その呼吸をうかがって、濃い白煙のうずの中から、猿のような身軽さでひらっと天井めがけておどり上がる仙海の気配が感じられた。

とおもうと、ぴたっと天井裏に吸いついたその影が、

「やっ！　きゃっ、上だッ！」

「天井だッ！」

騒いで見上げるころには、まるで蜘蛛のようにさかさに天井の桟を伝って、一気にひらっと騒ぎの背後へとんでおりた。これが三日間飲まず食わずでいた男かと疑われるばかりのすさまじい気力で、風のように廊下を走って……

庭はすぐそこに見えている。そして、そこにはおくればせに駆けつけた人の群れがかれを待ち伏せてひしめき合ってはいたが、

（もう、しめたものだッ！）

背後に迫る足音を聞きながら、縁先から庭へとんでおりると見せて、ぱっと上へ伸びたからだの指先が軒にかかる。だが、その瞬間、庭先にいた番士たちの中から、ピュン！　と大気をふるわせて弦音が響いた。

「あっ！」

さすがに、いささかろうばいしながら仙海は軒端にかかっていたその片手をはなしてその矢を払いのけようとした。その拍子にミシッと音がして樋《とい》が砕けて、仙海のからだはあおむけに縁へ、縁からさらに庭へところがり落ちた。

立ち上がる暇もない。その姿は群がりよる侍たちの下にみるみるうずもれてしまった。

「おい、うろたえるな。なわをかけるならはっきりかけろ。荷物と人間さまとは違うんだぞ」

興奮に度を失いかけている人々の間に、仙海の声ばかりがひどく落ちついている。

「そうだ！　思い出したぜ。きょうはさんりんぼうだった！」

仙十郎が網にかかったのだ！　日本全土に数百の部下を有し、科学的な組織力と強大な統制力と俊敏な頭脳をもって地下の世界に君臨し、法も権力も足下にじゅうりんしつくしていた念仏の仙十郎が、ついになわにかかったのだ！

捕らえた番士たちが興奮に冷静を失っているように見える中に、なわじりとってひったてられた仙海ひとりが、かえって顔色も変えず、にんまりと笑いを含んでさえいる。この期に及んでさえ、この男の絶大な自信は、おのれの敗北を認めようとはしないらしいのだ。縁先に立って、保明はその不敵な男をしげしげと見おろした。

「なにゆえあって当家をさわがすのか？」

低いが、冷たいさすような保明の声である。その目をぐっと見返すようにして、

「ごたぶんにもれず、髑髏銭の亡者さね。あんたと同じことだ」

「精撰皇朝銭譜をねらったのだな？」

「もちろん、頂戴いたしやした。と言やあ偉そうだが、悪党にも上には上がありやがって、このふところは素通りでさ。あの赤吉のやろう……たいした悪玉とはお思いになりませんか？　この仙十郎を、この悪党をゆすって、そいつをさらっていきゃあがったのさ」

保明はまたたきもせず仙海の顔を凝視しつづけている。

「言うことは、それだけか？」

「おい、大将！　おまえさんも、このおれをどうすることもできめえ。いいか。髑髏銭のなぞ、浮田の八宝。そいつを、いったいだれが解き、だれが発見できるというんだ。

聞け！　大将。おれは既にその核心をつかんだんだ。いや、今つかもうとしているんだ。すぐ解く。すぐつかむ。おれをおいて、そのなぞを解きうるやつは断じてねえ。うむ、確信をもって言う。断じて解きうるやつはねえ！　そうおまえさんも思うだろう？　いや、そう思え！　頼めとはいわぬ。おれを信用しろ。やかましいやいッ！」

乗り出す仙海のからだをなわじりをとって乱暴に引きもどそうとした若侍を、仙海はやにわに足をあげてけたおした。

「やい、大将！　おれには自由がいる。少しばかり自由の時間がいる。赤吉がなんだ！　この仙十郎は、いまだかつて人との争いに敗れた覚えがねえんだ。おれを利用しろ。十人十五人、護衛つきのままでもいい、かってに少し歩かせてくれ。いや、その前に、少し自分ひとりで考える。それで万事じゅうぶんなんだ」

「言うことは、それだけか？」

保明は冷たく言いきって、仙海が黙っているのを見ると、ぐるりときびすをかえした。その歩きだそうとした背へ、ひとりが、

「こやつ、いかがいたしましょうや？」

「土牢《つちろう》がいいだろう。いずれ、処分は考える」

もう、あとを見ずに、歩み去ってしまった。

「立てッ！」

今けたおされた腹だちまぎれに、なわじりをとった若侍が邪険に仙海の背を突いた。

「やっ！　小僧！　このおれを甘く見やがるな」

かっとにらんだ目のすごさ。

「まあいい。少し休んでやろう。寝床はどこだ？　その前に水だ。飯だ。たんとはいらねえが、寝しなに一合はおれのきまりだぞ。いいか……ははは……いやさ、きょうはさんりんぼうだったな、ナンマイダア……」

傷心

仙海ははっとしたように眠りからさめて首を持ち上げた。いつの間にか日が落ちて、土蔵の中はまっくらだった。三日ぶりに飢えた胃の腑《ふ》をみたすと、この男は土蔵いっぱいに手足を伸ばしてゆうゆうと眠りを楽しんでいたらしい。

仙海は立ち上がって、厚い土の壁へぴったりと耳を寄せた。外が妙にざわついている。

「さんざんっぱら世話をやかしたけれど、これでお殿さまもさぞご安心でしょうね」

「そうですとも、わたしたちまでひどいむだぼねをおらされました。世の中には、ずいぶん冥利を知らない人がいるものですねえ。檜様に生き写しに似たのがしあわせ、とんだ玉のこしに乗れようというのに、逃げ回ったりして」

こしもとらしいふたりが、通りすがりに話し合っていくのがかすかに聞きとれた。

「ほんにそうですよ。かわいがられてしたいざんまい……それもお相手が公方さま。お子さまがなくってあのようにほしがっておいでですもの、うまく授かればたいしたものですよ。こんな冥利が、またとあるでしょうか」

「いっそわたしじゃまにあわないかしら。飛んでってかじりついてさしあげるのだけれど」

「ほほほ……そのお顔ではねえ」

「ほほほ……お互いさまに……」

「わたし、あの人、言いかわした男でもあるんじゃないかと思うんですよ」

「そんな心当たりがあるのですか?」

「檜様が、死ぬほど恋いこがれた……あの、神奈三四郎というご浪人……ご承知でしょう?」

「ええ、知っていますとも!」

「ほほほ、そんなに力を入れたりして……わたしあのかたと怪しいのじゃないかと思います」

「あのおかたと? まあ憎らしい!」

「そんなにむきになって大声をあげたりして、……およしなさい。人に聞こえますよ。でも、あのおかたにかわいがっていただけるなら、わたしだって公方さまをそでにするかもしれない。ああ、つまらない、わたしたちは……」

足音が消えさると、仙海は顔をこわばらせて壁からはなれた。

（お小夜さんのうわさだろうか？　お小夜さんはここから首尾よく逃げてくんなすったはずじゃあなかったのか？）

ちょうどそこへ牢番が見回りにやってきた。

仙海はやにわに格子口へしがみついて、

「おい。ちょっと、聞きてえことがある！」

「なんだ？」

「あの物音はいったいどうしたことなんだ、なにかあるのか？」

「きさまに関係のないことだ」

「関係があろうとなかろうとかまわぬ、言え！」

「言う必要はない」

「なにッ！」

格子の間からさっと伸びた仙海の手が、相手の手首をむずとつかんだ。

「あっ！　痛いッ！　離せ！」

「言え、やろう！」

「言う。言うから離せ、ありゃあ、お小夜を大奥へ送りこむ供ぞろいの騒ぎだ。もう、すぐこの屋敷を出る」

「な、なにッ！」

仙海の顔から急に血の気がうせていった。

(そうか、お小夜さんを人身御供に差し出す送りの供ぞろいだったのか！　あぶねえところを……おい、仙海、むざむざとお小夜さんを色餓鬼のえじきにさらわれてしまうくらいなら、てめえなんぞ舌をかみ切って死んでしまえ！)

「よくしゃべってくれた。あつく恩にきる。念仏の仙十郎が、誓っていつかは礼をするぜ」

仙海は、牢番の手首を堅く握りしめて、

「ところで、もう一つ頼みがある。聞いてくれるだろうな？」

「痛いッ！　痛いッ！　聞くから、まず離せ」

「よし。離す」

牢番は虎口《ここう》を脱するように、はれた手首をおさえて飛びのいた。

「おい。急いで大将をよんでくれ」

「大将だと？」

「うん。大将でわからなきゃごぜんさまだ。保明だ。柳沢だ。急ぐと言え。寸刻を争うだいじな話があると言え」

「うぬ、愚か者！　ごぜんに、そんなことが言えるかッ！」

「言えッ！　ぐずぐずするなッ！　駆けていけ！　やろう、飛んでいけッ！」

「ばかやろう！　大ばか者め！」

手首をさすりながら、急に力みかえって目をいからせた牢番を、仙海はいっとき、すさまじい形相でにらんでいたが、すぐ調子を変えて、

「おれの言い方が悪かった。頼むから使いに立ってくれ。人の命にかかわることだ。いや、柳沢のお家にかかわることだと、そう言ってくれ」

「畜生、だれがッ！」

「おい。金が欲しいか？　地位が欲しいか？　なんでも望みのものを礼する。この仙十

郎に、この世にできねえことのねえのは、よく知っているだろうな？　その仙十郎が、誓って望みの礼をしようというのだ。頼む……」

「この世にできないことがないのなら、この牢を破って自分でじかにごぜんの前へまかり出たらいいだろう。大笑いだッ」

「なあおい。笑いごとじゃあねえ。この使いに立てば、あとできっと大将からもほめられるぜ。お小夜という娘の……それは、だれも知らねえ……いや、この仙十郎だけが知っているだいじな秘密だ。大将はその秘密を知る必要がある。知る義務がある。だから急ぐんだ。おくれたら水のあわ……おい、やろう。聞こえるか？」

「そうして一晩ほえていろ。もうじきお小夜はこの屋敷を出てしまう。どうせあしたになれば町奉行の手ではりつけになるきさまだ。浮き世のなごりに、たんとほえておくがいい」

「くそッ！　待て！　あけろ、畜生ッ」

立ち去っていこうとする牢番の背へ、仙海はあせりきった罵倒《ばとう》の叫びを投げかけた。

（ああ！　やろう！　仙海！　いくじなしめ！）

だが、その時、その土蔵牢の右と左、ちょうど相対した反対側をなにげなく通りすぎようとして、その仙海の叫び声をふと耳にしたふたりの人影があった。ひとりは男、ひとりは女。ふたりとも、聞き耳を立てていたが、牢番の足音を聞くと、おもいおもいにきびすをかえしてその牢の入り口へ近よってきた。

男――それはあお白く、仮面のように無表情な保明の顔であった。

ちょうどその時、ひと足おくれてそこへ近よってきた女の影――だれとも定かにわからぬが、ぼーっと白い顔と姿が、既にそこに立っている保明の姿を見ると、ぎょっとしたように足を引いて小暗い物陰へ身をひそめた。

保明はそれに気づかぬ。気づかぬほど、今耳にした仙海の叫び声に心をひかれ、まっすぐに牢の前へ歩みよったのだった。それまで、かつて覚えたことのない焦慮に地団駄ふんでいた仙海は、その影を一瞥するや、さすがに、一瞬は目をうたがうがごとくであったが、

（べらぼうめ！　奇跡なものか。おれの、この仙海の意志の力が呼び起こした必然なんだ！）

みるみる絶大な自信を取りもどしたように、

「だんな。お待ち申しておりました」

保明は、暗い牢の中の、暗い男の顔をじっと目をこらして凝視していた。仙海も、その凝視をはねかえすようにぐっと肩をそびやかす。

「わしに、なにか用か?」

ついに保明が口を切って、ぽつりといった。

「お小夜さんのことにつきまして……」

「………」

また、しばしは無言となる。しばらくして、

「小夜がなんじゃと?」

保明の声はいらだたしさを含んでいた。

「ああ、じゃあやっぱりご存じじゃあなかったんですね?」

仙海の声が急にしんみりとなる。

「葉末……という娘の名を、ご存じじゃあございませんか?」

「む!　葉末?」

保明の肩が、暗さの中にもがくっと揺れるのがはっきり見てとられた。

「はずえ……うむ。かつて、わしも聞いたことのあるような名じゃのう。だが、そのほ

うの申す葉末とやら、それがいかがいたしたか？」

「おそらく、あなたさまご承知の葉末さんとはまるっきり人違いではござんしょう。その葉末さんはね。もう二十年にもなる古い話、さるお武家へ奉公にあがっているうちに、そこのお子息とはげしい恋におちて……まあ、とどのつまりが間をさかれて、ながのおいとまってことになりましたのさ。よくできた娘さんで、それを少しも恨みと思うどころか、ただただ自分をすてた男と、残して来た娘——檜って名だそうですがね、そのふたりのしあわせばかりを陰ながら祈ってたっていうことですぜ。天道さまもときには物好きをしなさるもんで、その情け知らずの男が、妙なことにそれからとんとん拍子で出世して、なんでもうわさにきくところじゃ、公方さまのおそば近く、たいしたご威勢をふるっているって話だが……これだから世の中は大笑いさ。ねえ、だんな、そうじゃございませんか？」

「それで、その葉末とやらは？」

つとめて冷静を保とうとする保明のしわがれ声がとぎれながらに低く聞こえた。

「義理に迫られて前田家の浪人竜田川《たつたがわ》九右衛門《きゅうえもん》という人に再婚したそうですが……かわいそうに、まもなくなくなりなすってね。忘れ形見がひとりいますよ。お小夜さんていうんでさあ」

お小夜こそ、おのれの血こそ引かね、かつて命をかけた恋の相手の忘れ形見であったのだ！　さればこそ、檜と生き写しでもあろうよ。同じ腹の、血を分けた姉妹ではなかったか！

もしや？　とある時は疑ったこともある。それとなく探りもしたことはある。だが、今、それをあからさまにこの男にいわれたときのその驚き！　さすがの保明が、闇の中でさっとあおざめた。だが、たんのからんだしわがれ声で、保明は冷然といった。

「証拠があるか？」

「証拠？　証拠がいりなさんのかね？　おまえさんと縁もない女の身の上について、なんの証拠がいるんですい？」

「ざれごとを申すな！　証拠があるかいなか、それを言え！　多言はいらぬ。一言に言え！」

仙海は、ぐっと肩をいからせた。

「証拠か？　お小夜さんの生きてることがなによりの証拠だろう。いや、ほかにもある。おれの手で調べて手に入れた証拠だけでも山ほどある。浅草向柳原の養信寺店、あそこのおれの古い住まいの床下を掘って見ろ。それで足らねば、常陸《ひたち》の水戸の城下はずれ、新田の与蔵っていう百姓を訪ねてみろ。おい！　大将。はっきり言っておく。おれは、おまえさんのためにそれらの証拠をかき集めておいたんじゃねえぞ。お小夜さんていう、きのどくな孤児――それでいてたぐいもなく美しく、すなおにすくすく伸びてくれた女の、ただしあわせを願いたいばかりにさぐった素姓なんだ。さあ、おい。これからどうする？　お小夜さんをどうしてくれる？」

保明はじっと無言である。明らかにはげしい感動が、その五体をゆすり動かしているのが感じられた。しかし、まだ黙々と口をつぐんでいる。

「聞け、大将……家のためだとかなんだとか口実を作って命がけの恋をすら捨てる男にゃわかるめえが、お小夜さんていう純な娘さんの心の中は、坊主がしっくり知っているんだぜ。あのふしあわせな娘がひとりのすがるべき人を得て、どんなにその人へ身も心も打ちこんでいるか！　その人を離れたら決して生きているはずのないはげしい一筋心……それを、生木をさくように引きはなして、色餓鬼のえじきに投げやるなぞは、たとえほかにどんな理屈があろうとも、この坊主にはうなずけねえんだ。おい、大将。黙っていねえでなんとか言え！」

もし、もっと明るければ、保明の苦悶《くもん》にゆがんだ顔が見えたであろう。血の出るほどかたくくちびるをかみしめて、心の激動をおさえつけようとしているのだ。

「言え！　駕籠の出発を待てと合図しろ。すぐそう言え！　ひとりの娘の代わりに、ひとりの恋人の形見を、人身御供にあげて、それでいいのかよ、大将、ごぜん、いや保明ッ！」

「おそかったか！」

かすかに、しかし血を吐くような声。

「な、なにッ？」

「駕籠は既にここを出てしまった」

「駕籠が出てしまったと?!　おいッ？」

仙海はさけんばかりに保明をにらんだ。

「やろうッ！　追いかけろ。なんでも追いついて引きとめるんだ！」

「おそい……」

保明の声は聞きとれぬほど低い。

「追えば追いつくであろう。しかし……」

「なにが、しかしだ?」

「上さまよりのご使者に渡した駕籠を、なんの理由で、だれが引きとめることができる? いわば、既にわしの権力にないものだ……」

語尾がかすれて消えそうになる。

「使者がなんだッ! 権力がなんだッ! 人の命にかかわることだぞ! かつて家のためと称してちりあくたのように捨てさった恋人の忘れ形見を——苦労してやっと女としてのしあわせにめぐりあったあわれな娘を、みずからの手で死のふちへ沈めよって、少しも良心に苛責がねえのか? それでいいのかよッ!」

保明は石のように黙して、じっと仙海の顔を凝視している。

「おいッ! てめえにできねえなら、おれにやらせろ。ここをあけろ! おれはお小夜さんを引っさらってくる。どこか安全なところへ送りとどけて、いっときののちにはここへかえってくる。きっと帰ってくる! お小夜さんを出汁《だし》に、きたねえずらかり方をやる仙十郎じゃねえ。ここからおれが抜け出したことはだれも知らねえ。おまえにも迷惑はかかるめえ。おれを信じろ。信じてくれ。さあ、あけろ! 大将。頼む。やいッ!」

保明の顔をおさえてもおさえきれぬ苦悶の表情がさっと過ぎた。仙海の顔からはなした視線を、暗い夜空へ向けてくちびるをかんでいたが、ついに一語も発せず、くるっときびすをかえしてそこからはなれていった。

（畜生ッ！）

仙海は格子戸につかまって、その背へかみつくような凝視を送っていたが、やがて力つきたようにがっくりと首をたれた。

（もう、なにもかもおしまいだ！）

だが、なにもかもおしまいであったろうか？　仙海のなにげない視線が、今まで保明の立っていた地点に近く、なにか落ちているのを発見したのである。格子戸から一、二尺手を伸ばせば届きそうなところ――

（あっ！　かぎだ！）

牢の錠まえをあける、太い長いかぎなのである。いつ、だれが落としたのであろう？

保明のほかに何者でもありうるはずはない！

（天も地も、見ろッ！）

そのかぎをつかんだ瞬間、仙海の胸をつき上げるように一つの感激がさっとかすめた。

（まだ人の道はすたりはしねえ。情けは心から心へ通うんだ。柳沢の大将、仙十郎たしかに頼まれましたぜ。さあ、ご出馬だい！）

そして、やがて、その影が脱兎のように屋敷の中を横切って消え去っていったころ、それまで物陰にせき一つたてず身をひそめていたさっきの女の影が、よろめくような足取りでそこをはなれた……それは、あの、悲恋の檜——

襲撃

この二、三日ほど、三四郎の心があせったことはいまだかつてないことであった。赤吉のいわゆる赤銅《あかがね》御殿は塀高く奥深く容易にすき見する望みもなく、出入りの者の口裏をそれとなく引いてみてもいっこうに要領を得ないのだ。

お銀から聞いた赤吉の本性は全く餓狼《がろう》にひとしきものである。三四郎はいても立ってもいられなくなってくる。自分が、お小夜を愛することの深さがこれほどであろうとは、今の今までついぞ気づかぬことであった。

一度、はっきり、いとしい、と思うと、あとはもう、その女のことで胸がいっぱいになってしまうのだった。思えば、大義のために一命を捨てる覚悟でいる自分に、たとえその女を得たとてとうていふたりきりの生活をたのしむことの許されようはずはない。

しかし、愛するという心は、少なくとも三四郎の場合にあっては、自分というものを忘れて、ひたすらお小夜のために、大きなしあわせを願おうとする、純粋な衝動にほかならないのだった。

三四郎の胸には、助けを求めるお小夜の声がひしひしと響いてくるここちがする。

三四郎は身に迫る危険も忘れてあせっていた。

すると、お銀が、お小夜が既に赤銅御殿から柳沢の屋敷へこっそり送りこまれてしまったことをさぐり出してきた。

三四郎はその身に江戸じゅうの捕吏の目が向けられ、あらゆる個所に網の張られているのを承知で、大胆不敵にも一刻のためらいもなくその夜、柳沢の屋敷近く忍びよっていった。なるほど、お銀のことばにまちがいはなかった。

夜にはいるとともに、城中から数挺《すうちょう》の女乗り物が列を作って、柳沢の屋敷へはいっていった。さだめし、お小夜を迎えの人数であろう。

(もう一足違いで、あぶないところであった。城中へ連れこまれてしまってからでは、もはやどうもなるまい。やるなら、今だ!)

三四郎は塀下に身をひそめて、すそをはしょり、刀へじゅうぶんなしめりをくれた。

あの、捕手の重囲におちたときでさえ、つとめて相手の命を奪うことを避けようとした三四郎が、こよいは、やらねばならぬかもしれぬと、それまでに心を決しているのだ。

今の三四郎にはただお小夜のことしかない。

（そのために、相手のやいばにかかって倒れたとしても、それでいいのだ……）

しのこした仕事は、またたれか必ず受けついでくれる者があるだろう、けれども、お小夜を救いうるものは自分のほかにはありえない！

やがて、一、二刻《とき》――

先刻の駕籠は、さらに柳沢かたの送りの人数を加えてかれこれ二十余人、忍びやかなうちにもちょうちんのほかげをきらめく飾り金具に照りかえして、その門から静々と現れてきた。

内堀沿いに竹橋御門へ回っていくのだろう。

月がかげって風が少し出た。三四郎の黒い影が塀に沿ってむっくり立ち上がる。

竹橋御門へもう一息、というところまで出かかったとき。

「あっ！」という叫び声といっしょに、めらめらっと炎を吐きながらちょうちんが一つ、暗い夜空へ舞い上がった。

風よりも速かった。その影は、既に行列を中断して駕籠の近間まで迫っていた。

「や！　出たッ！」

「曲者、曲者ッ！」

一瞬、人数はあとへどっとなだれをうって、沸き立ったちょうちんの灯の下に、驚《きよう》愕《がく》の表情をむき出しにした侍たちが、刀のつかへ手をかけていたずらにうろうろと互いに突きあたり合うばかりであった。

三四郎は必死の勢いでその虚を一挙について、たちまち四、五歩の位置まで迫ってきた。

「お小夜殿ッ」

ついに、片手が駕籠の屋根へかかる。

今まで、呼吸の音さえ聞こえなかった駕籠の中から、突然、

「おお！　三四郎様ッ！」

歓喜にのどをついてほとばしる声であった。

「やっ三四郎だッ！」

驚愕から立ち直った警固の侍たちは、その曲者を三四郎と知ると、さらにはっとした

らしい。ひとりがとっさに駕籠の反対側へ駆けよって、白刃を駕籠の真正面へつきつけて、

「動くなッ！　動くと突くぞッ！」

「不敵なやつッ！」

もうひとりが、駕籠と三四郎とをへだてようとして、捨て身の鋭さに、さっと抜き打ちにおどりかかってきた。

一度かがんだ三四郎の影が、豹《ひょう》のように左斜めにおどり上がる。天をきり裂くようなはげしさがガッとはね上げた白刃のかげに、その男と、駕籠へ抜き身をつきつけていた侍とが、同時にもんどり打って地に倒れた。

はずみに、駕籠が倒れる。ころがるように駕籠をおどり出たお小夜の姿は、さながら錦絵《にしきえ》から抜けだしたようにあでやかに見えた。

「お小夜殿ッ！」

「三四郎様ッ！」

どちらからともなくさっと駆けよると、その影は堅く堅くもつれ合った。

毒を盛られた三四郎をお小夜が助け出そうとしたあの夜以来、はじめて相見るふたり

である。わずかな日数の間に、ふたりの姿の、心の、運命の、何と著しい進展を見せたことであろう！

「うぬ、こやつらッ！」

二十人に余る警固の侍たちはふたりを剣のふすまの中にびっしり取り囲んでしまった。

片側は堀、片側は屋敷。その屋敷からも騒ぎを聞いて繰り出してくるらしいし、竹橋からも番士の連中が駆けつけてくる気配が見える。

「お小夜殿、離れてはいかぬ！　生も死も、みどもとともにある覚悟で……」

「は、はいッ！」

お小夜は欣然とそれに答えて、落ちている一刀を拾うと三四郎へ背をよせて身構えた。

（もはや、ここを脱するには神のご加護をまつほかはあるまい……）

三四郎はそう思いながら、四方の敵をじっと見渡した。

塀を背にして、三四郎は剣を下段につけたまま、疲れた荒い呼吸を吐いている。幾人倒したろう。進んでは斬《き》り、斬っては逃げ、三四郎もお小夜も、返り血を浴びて赤黒く染まっている。しかし、敵は次々に新手を加えて、前面に立ちふさがり、白刃の数は増すといえども減ることはないのだ。さらに背後には、ちょうちんの海が波をうち、よくはわからぬが遠い先々まで網は十重二十重にはられてしまったらしい。

(これが終わりとなるかもしれぬ……)

三四郎はふとそんなことを考える。

まだしのこした仕事が山ほどあるような気もするが、ここでお小夜とともに死ぬことは負けおしみでなしに本望であるような気もする。

(偽りのみ多いこの醜悪な世の中に、こんな純粋な真実な感情のありうることを知りえただけでも、なんとしあわせな自分であったろう)

前額の円陣の一角が、がっと風をまいて揺れ動くと、瞬間、三四郎は反射的にわきへ飛んでその空間を斬り伏せていた。低くうめいて地へのめった男の背を踏み越えて、すぐ次の太刀が迫ってくる。歯をくいしばって片手を振った三四郎の肩へ、さっと返り血が降ってくる。

「お小夜殿……」

「はい!」

三四郎は新しい足場を求めるために走ろうとして、一瞬お小夜のほうをふり向いた。その毛ほどのすき！　「くらえッ！」とのしかかるように斬り伏せてきた影を、今まで幾度か繰り返してやったと同じように、片手なぐりに下から上へガーン！　とたたき上げたが、同時に、

「あ！」

三四郎は不覚にも足もとに倒れている男のからだへつまずき、泳ぐように向こうへよろけた。

「それッ！」

つけ入った刀のきっ先が二、三本、はげしいうなりを立ててその背へ拝み討ちに……

だが、

「わーっ！」

むなしく宙へ舞い上がった白刃のゆくえをにらむようにのけぞりながら叫んだのは、意外、三四郎へ斬りつけた男たちのほうであった。

「どうしたッ？」

あとにつづいた仲間が、怪しむように思わず問いかけるのへ、まるで答えでもするよ

うに、その連中のまっこうへ、数枚のかわらがうなりを生じていずくよりともなく飛んできた。

そして、あっと色を失ってたじろいだそのすきに、かれらの面前へ、まるで鳥のような身軽さでかたわらの屋敷の大屋根の上からひらっと飛んでおりた人影があった。顔を手ぬぐいで包んでいて何者とも知れぬ。

侍たちが、こやつは？　と疑うすきもあたえず、手にしていた棒を振りかぶって、ものも言わずすさまじい獰猛さで荒れ回った。

一本の棒がこれほど驚くべき働きもするのである。円陣は、みるみるたじたじとあとに追いもどされていった。

よく聞くと、その棒の主は、口の中でぶつぶつつぶやいている。

（ナンマイダア、ナンマイダア）

あまりに突然な、そしてあまりにはげしいその男の荒れ狂い方に、侍たちはいっとき気をのまれたかたちで、ただ訳もなくたじたじとあとへさがるばかりであった。その男は、と見ると、やにわに身をひるがえして、

「こちらへ！」

低い、力強い声ではげますように叫びながら、ややあっけにとられたさまでそのできごとへ目をみはっている三四郎とお小夜の肩を両腕の中へ抱きかかえるようにして走りだした。

（仙海殿！）

すぐ、ふたりはそれと感づいた。しかし、一語かわす暇《いとま》さえないせとぎわである。背後に起こった怒濤《どとう》のような追っ手の声を聞きながら、人がきをつっ切って、塀を回って、その塀と塀との間のやっと身を横にしてはいれるほどのすきまへさっと駆け入った。

行きづまるあたりに、雑草にうもれて片側の塀の小さなくぐり戸があいている。かつて三四郎が、檜の手引きで危うきを脱したときくぐり抜けた秘密の通路にほかならない。

さすれば、この塀内は柳沢の屋敷に違いないはずだ。それと知ってか知らずでか、今仙海はちゅうちょなくまっ先に立ってその戸口をくぐり抜けた。こういう際の逃げ道のとり方の巧みさはまさに仙海の独擅場《どくせんじょう》である。走ると見ては立ちどまり、かくれると見てはまた風のように走り出す。

「ここだここだ！　ここへはいった！」

追っ手の叫び声は聞こえたが、いつの間にか両者の間には見透かしのつかぬ闇が広がっていた。

「おふたりとも、よくご無事でいてくださいましたねえ！　手傷を負いなさったかね？　ねえお小夜さん。あなたにとっちゃ、めっぽういい晩さ、はははは……」

すぐそばを通りすぎる追っ手のちょうちんのほかげへ鋭い視線を注ぎながら、しみじみと温かい口調で仙海ははじめてふたりへ声をかけた。

だが、この付近一帯蟻《あり》のはい出るすきもないほどきびしい警戒網がはられ、さらにこの屋敷へ向かってその網がじわじわと絞られてきつつあることを、よも仙海が気づかぬはずはあるまい。しかも、その重囲の中をどこへ身をかくし、どこへのがれ去ろうとたくらむのか？

「曲者三人、柳沢邸に逃げこんだ！」

その叫びにつれて、屋敷内の騒ぎが拡大してくるのを見て、牢番は土蔵牢に監禁してある怪物に万一のことが起こってはという用心から、そそくさとちょうちんをとってその戸口へ回ってみた。錠まえに異状もないし格子戸のすきから暗い中をすかしてみると、その戸口に近く仙海は大の字にふんぞりかえって雷のようないびきを立てて熟睡しているらしい。牢番はやっと安心したようにそのまま詰め所へもどっていった。

と――その仙海のいびきがふっと消える。

「おふたりとも、窮屈でしょうね?」

ささやくように呼びかけた仙海の声に、牢の奥の片すみから、男女の影が起き上がった。

牢の奥の片すみに壁がくずれかけて少しくぼみになっている個所がある。三四郎とお小夜とは折り重なるようにしてぴったりとそこへ身を伏せていたのだ。かかる個所へとっさにふたりのかくれ場所を求むるなどとは、いかにも仙海らしい奇知に富んだやり口ながら、皮肉とも不敵とも実際形容のしようがない。

はたして、追っ手の人数は、さらに柳沢家の侍たちをも加えて、あかあかと灯をかざし、しきりに庭内を右往左往しているが、さすがに、この土蔵牢には気がつかないらしい。

「三四郎さん。たった四、五日だが、ずいぶん久しぶりに会った気がするねえ」

　仙海は外を警戒するように入り口近く大の字なりに寝ころんだまま、首だけをこちらへ向けて低くささやきかける。

「でもよかった！　皆無事に会えてよかった。ほんとうによかったなあ……」

「それというのも、みんな御身のお力によることだ。既に助からなかったものを、いや、これからもこの重囲を脱して無事にのがれることはむずかしいとは思うが、少なくも、こうしてしみじみと相語り、静かにものを思える時間を得たことは御身の働きだ、厚くお礼を申します」

「ほんとうに、仙海殿には、いつもいつもことばにつくせぬお力添えをいただき、ありがたいことに思っています」

　とお小夜も心から口を添えた。

「なあに、この坊主は鼻っぱしばかりで、からいくじのねえやろうさ。でもね、仙海というやつは、一度ほれこんだ人たちのためには、水火も辞さねえ心意気だけはもっているつもりです、おっとっと……お小夜さん、お静かにお静かに。動いちゃいけねえ。もっと三四郎さんに寄り添っておくんなさい。こういう際だ、だれに遠慮がいるものか。坊主がじゃまなら目をつぶってましょうか?」

お小夜は闇のなかでまっかになった。

今までは生きるか死ぬかの境め。みえも恥もうち忘れて、知らず知らず手を握り合い、肩をよせあいしていたふたりだが、今仙海にそう言われるとはっとわれにかえって、身もすくむばかりの恥ずかしさであった。といっても、まだ身動きすら許されぬ危うさの中にいるのだ。

壁のくぼみの中に、ふたりのからだはぴったりと寄り添って、気がつけば、火のようにほてった汗ばんだほおとほおが今にも相触れんばかりの距離に接しており、吐く息が、胸の鼓動が、髪油のかおりが、汗ばんだ肌のにおいが、気もそぞろになるばかりその周囲に漂っている。

「こういうところで語りあかした一夜なんぞというものは、望んだとてめったにめぐり会えるもんじゃねえ。生涯のいい茶飲み話さ。あの時はそばに無粋な坊主ががんばっていたっけなあ、なんてあとで言われねえように、ちょっくら席をはずしましょうか？ははは……坊主にばかりしゃべらせていねえで、三四郎さん、お小夜さん、おふたりでとっぷりお話しなさいまし」

まちがえばこのまま永久の別離となるかもしれぬふたりである。その運命をあわれんで、仙海はふたりにわずかな相語る楽しい刻を持たせようとするのであろうか。しかし、それは無理というものだ。お小夜の胸は早鐘をつくように、声はむなしくのどもとにつまってしまう。

上意の行列を乱し、お召しの女性をさらい取り、あまつさえ数名に手傷さえ負わせた曲者を逃がしましたでは許されぬ警固の人たちは、檜様のおはなれはもちろん、保明の居間から床下天井裏まで気のすむまでしらみつぶしに調べ上げていく。保明といえども、その露骨な調べ方をさえぎる口実はないのであった。

さすがに土蔵牢へはまだ気がつかぬ。しかし、捜査の網を絞ればやがてはここへも目はつくはずである。さなくとも、夜さえ明ければ見通しの牢の内、どうしてふたりの人間がかくれて人目をさけうる余地があろうか。

（なあに、ゆっくりと考えさせてくれさえすりゃあ、文殊の知恵もわこうてもんさ）

にわかに土蔵の庭に面した外側を往来する人の足音のしげくなったのは、既にこのあたりまで捜査の手がのびたのではあるまいか。しかし、その足音へ耳を澄ましながら、仙海はなおも低い声でささやきつづける。

「三四郎さん。一度ゆっくり聞いておきてえと思っていたことがある。あんたは、どうでも主義に殉じなさるおつもりかね？」

「命をすてるもすてぬもない。みどもはただ、日本国民として踏むべき正しい道をふまんと願う心があるばかりだ。そのために死するが正しいなら喜んで死にもする。生きながらえるが正しいなら恥を忍んでも生きていくつもりだ」

「あんたという人は、ほんとうの男の中の男だなあ。そういうきっぷが、あっしにはめっぽううれしくってたまらねえのさ。あんたの進む道なら正しいにきまっているだろう。だがね、三四郎さん。死んでくれちゃいやだぜ。おまえさんのいねえ娑婆なんて、およそあじけなくって生きてるそらはねえ。なあ、お小夜さん。あんただってそうだろう」

「みどもの周囲にはいい人ばかりいる。皆いい人だ。そういう人たちのためにも、この国はもっと正しく明るくならねばならぬと思う」

「そうさ。そのとおりだ。その意味で、あんたの巻き起こした今度の騒動も大いに意義がある。やがて来るはずの、いや来なければならねえ正しい世の中への第一番めの警鐘だった。だがね、これ以上あんたが騒ぎを大きくすることは、かえって芽をふきかけたあんたの主張を中途で枯らすものでないだろうか？　まだ容易に徳川の天下はくつがえりはせぬ。それかといって、あんたの力で、徳川の当主にただちに天下を投げ出す決心をさせる見込みがありなさるかね？　いや公方《くぼう》ひとりじゃねえ。徳川の屋台骨の下には、それで食っているおびただしい人間がいるんだ。そいつらが、すぐうんとうなずくかね？　そこだ、三四郎さん。ものには駆け引きってやつがある。一度さっと引いて出直すことが第一さ。あっしはひとりで考えているんだが、浮田家十数代が栄華をほこったという尾瀬の秘境——あすこへ、この三人で新天地をひらこうじゃねえか。そこを新日本国建設の策源地とするのさ。どうだね、すばらしい案だろう」

三四郎は黙って微笑した。

とたん、仙海はぎくっとしたように首を持ち上げた。突然この牢へ近寄ってくる足音が聞こえたからだった。

仙海は寝ころんだまま、闇の中にぎろっと両目をむいて、

（もし、さとられたら）

一気にやってしまうつもりで堅く両のこぶしを握りしめている。足音は、はたして入り口まで来て、はたととまった。そのまま、牢の内も外もしんと息をのんで凍りついた

ように……ただその中に仙海のそらいびきばかりが、気のせいか異様な重苦しさで続いている。

外から中をじっとのぞきこんでいるその人間の気配が感じられる……突然――

「三四郎殿……」とその声がささやいた。

（おお！　槍だ！）

仙海もお小夜も三四郎もいっせいに、檜、と感じると、三人おもいおもいの違った驚きに胸をうたれた。

「三四郎殿！」

（檜がなにしにここへ来たのか？）

嫉妬に狂ったのかもしれぬ檜である。

今度は、やや高くその声が呼んだ。

「三四郎殿。檜でござりまする。お迎えにまいりましてござりまする」

（迎えに？）

仙海がむっくりと起き上がった。

「なんだなんだ。おれを迎えにきてくれたと？」

「ここに三四郎殿がおられよう？　そちは、父上さまから錠まえの合いかぎを拝借いたしおるはずじゃ。さ、はようあけてたもれ、一刻の猶予もならぬのじゃ」

「三四郎？　そんな人間は知らねえぞ」

「ええ、くどい！　ここにおらずしてどこにおられようぞ。三四郎殿。檜の声がお耳にはとどきませぬか？」

　訴えるような声である。

　仙海の制する間もあらず、三四郎はすっくと立って入り口のほうへ歩みよった。

「檜様。三四郎でござる」

「お！　三四郎様！」

　一瞬、格子戸の内と外で、ふたりの目がはったと合った。あの夜、ああした心ない別れかたをして以来のふたりである。悲恋に泣いて泣き明かしたはずの檜が、どういう気持ちで三四郎に向かおうとしているか。あの、強気一徹の檜である。恋にまっしぐらに突き進むとすれば、その恋を失ったとき、どんな反動的なはずれ方をするだろうか。といって、いまさら、三四郎に悪びれたさまのあろうはずはない。

「事情はあらかた御承知で居られよう。くどくは申さぬ。願わくは、われらのために目を閉じてしばらく知らぬ顔でいていただけまいか？」

檜は思いのほか静かな目で、じっと三四郎の顔を見つめながら早口に言うのだった。

「ご猶予はなりませぬ。既に、捜査の人数がこのすぐそばまで迫っていることをご承知でいらせられますするか？」

「知っていたとてどうなりましょう。もし、見現されたときはそれまでです」

「さ、三四郎殿！　なぜ、檜に、力を貸せ、と仰せられませぬ？」

檜の声は、はじめて、無念そうに低く震えた。

「それほどまでに、檜をおにくしみでござりまするか？　たとえ見知らぬ他人だとても、人の危急を見れば力を貸すが当然でありましょうものを……檜は、ならぬ恋は、はっきりと、思いあきらめました。なれど、なれど三四郎殿。あなたさまと、他人よりも遠い仇敵とはなりとうないのでござりまする。檜は、檜は……」

「檜様。針ほどでもあなたさまを疑ったみどもがあさましいと存ずる。しかし、みどもはひとりでござらぬ。連れがあります。あなたはそれでも力になってくださるか？」

「連れとは？」

「お小夜殿」

「おお、小夜……」

これほどなめらかに、そして明るい調子でお小夜の名が檜の口からほとばしろうとは、まことに意外であった。

「小夜もいやったか。小夜、小夜！　はようここへ来て、顔を見せてたも」

おずおずと進み出たお小夜の顔を、姿を、檜の目がむさぼるように見た。

「よう無事でいやったの……わらわの顔が見えますか？　もそっとこっちへよるがよい」

「は、はい……」

「おう、似ている。ほんによう似てる。わらわよりも、そなたこそ、絵姿に見るなき母上さまに生き写しじや。気のせいか、その絵姿がそのままここへ抜けて立ったような気がします」

三四郎もお小夜もそのことばの真意を解せずぼうぜんとしている中に、仙海ひとり、じっと檜を凝視しながらうなずいた。

（ふたりが姉妹であることに気づいたな……）

「三四郎殿。それから小夜。おふたりのために、檜は命をかけてものがれる道を捜しまする。さ、仙海とやら。合いかぎをかしてたもれ」

「ようし。じゃあ、おふたりを預けましょう。しっかり頼みますぜ、お嬢さん……」

檜の両眼に光る涙らしいものを見つめながら仙海は合いかぎを格子の間から差し出した。

牢を出たふたりは、檜のあとについて足早に歩いていく。

檜は帯ぎわの懐剣のつかに右手をふれて、なんぴとにもあれ、途中で行き会った者は、その場を去らせず斬ってすてるすさまじい心構えだ。

やっと牢を遠ざかって、庭を抜けて、檜様のおはなれへ……よくぞ、ここまで人目に触れず来たものではある。縁へ上がると、すぐそこは檜の寝所になっている。

「窮屈ながら、しばらく……」

奥の、腰低い戸だなをあけて檜がささやいた。

ふたりがかろうじて身をかくすに足るほどの広さである。ふたりがはいると、檜はその前へ衣桁《いこう》を立て回した。

ちょうどそのころ、庭の築山のかげにいた捜査隊の一組の中で、「や!」と、いぶかるような声をあげた男があった。

「見たか、あれを?」

「あれとはなんだ?」

と、隣にいた同輩が尋ねかえした。

「あの離れの、あの灯のもれているあたりの縁先に、なにかちらっと人影が動いたぞ」

「あすこは、もう二度も調べた部屋だ。疑うまでもあるまい」

「しかし、なんだか妙に逃げるような気配に感じられた」

「気のせいであろう?」

「いいや、そうでない」

「ではもう一度調べてみるか?」
二、三人が言うより早く、足をはやめて檜の寝所のほうへ近づいていった。ふすまの間からほかげがかすかに洩《も》れているだけで、コソとも音がしない。その静けさが、かえってその連中を怪しませた。
ひとりが不意をつくつもりか、足音を忍ばせて近寄ると、突然乱暴にもがらっとあけた。

一歩踏んごもうとして、「あっ！」と棒立ちになる。先刻調べたときとは違って、燃えたつようなはなやかな夜具を敷きつめ、目を射るばかりなまめかしい肌着の類を垂らしかけた衣桁のすそに、鏡台を前にしながらつややかな雪のように白い肌をのぞかせた檜がただひとり――

「だれッ？」

きっとふり向いた檜の叱咤《しった》に、

「はっ……」

侍は目のやり場もなく度を失った。

「無礼なッ！　なにやつッ！」

「取り調べの筋がございまして……」

「聞かぬ！　ここをどこと思う！　わらわをだれと心得る！　たとえ上さまの御諚《ごじょう》であろうとも、再三の取り調べにあきたらず、無礼なッ！　さがれッ！」

「は、はは……」

その侍はあわててふすまをしめると、額の冷や汗をふきながら、そそくさともどってきた。

「それみろ、貴公がくだらんことを言うものだから……」

不平らしくそう言いながら首をすくめて、

「なるほど、上さまがあの娘にご執心あるはずだ。あの肌の色を見たときは、震えたぞ」

「こやつめ、見たのか！」

「ぬからず、拝んだとも、ふふふふ……」

無　残

危うかった！

檜に導かれて三四郎とお小夜のふたりが抜けていったあと、ほとんど一足違いに、どやどやっと押しよせて来た侍たちのために、その牢の入り口はたちまち埋められてしまったのだ。

仙海は知らぬ顔をして大の字なりに大きないびき声をたてている。ちょうちんをかざして中をのぞきこんでいた侍のひとりが、

「坊主がひとり寝ているだけだ。ここは先ず疑うまでもないだろう」

「いや、念には念を入れる必要がある。一応はいって調べよう」

もうひとりがきびしく言って、つき従っていた牢番に入り口の錠をあけさせた。

ちょうちんをもった二、三人がつかつかっと中へ踏み込む。

「いない。まさか壁の中へかくれるはずもなかろう」

「しかし、不思議ではないか。いよいよここにいないとすると、この屋敷じゅうにどこを調べ残したというのだ？　しかも、たしかにこの屋敷のどこかにいねばならんのに……」

「やむをえん。もう一度、くまなく調べ直すか。それとも、屋敷のぐるりをとりかこんで姿を現すのを待ち伏せるか」

「とにかく、命がけだ。捕らえんことにはわれわれまず腹切りもんだからな……」

小声で話しながら出ていこうとする鼻先へ、

「じゃあ、遠慮なく腹を切っておもらい申しましょうか、だんながた」

寝入っていると思った仙海がむっくりかま首を持ち上げる。

「なにッ？」

ひとりがきっとふり向いた。

「いえね。ご苦労さまだって話でさあ」

「なんだと！　きさまッ」

「腹だちまぎれにむきになんなさるな。おこりばえのするつらでもねえようだ」

た。

足をあげてけろうとしたのが、軽く肩をかわされて、あやうくのめりそうによろめいた。

「うぬッ！」

「よしやがれッ！」

暗さの底に仙海の両眼がぎらっと光った。

「なにをどう捜しているのか知らねえが、夜っぴてがやがやしやあがって……そのうえ、おれのまくらもとへまでほこりを立てにきやがって……大ばかやろうッ！　このおれをだれだと思やあがる！　なんて……はっはっはは……偉そうにどなったところで、かごの鳥じゃあおどしにもなるめえ。あっしはあしたが忙しい身の上でしてね、はい、ごめんをこうむります。医者に寝不足は毒だっていわれていますんで」

言うだけ言うとまたごろっところがった。

ばかを相手にかまうな、というように、忿怒に震えているひとりを促して一同どやどやと牢から出ていってしまった。

それからしばらく——

仙海は眠っていなかった。闇の中にそろそろとからだを起こす。例の合いかぎをまさぐって錠をあける。とおもうと音もなく牢を抜け出たその影は、警備のかがり火があかあかと燃えたつ庭先を驚くべき大胆不敵さで、しかも不可思議な巧妙さでさっと横切るとみるや、たちまち塀を越えていずくともなく消えていった。

逃げ去ってしまったのかと思った仙海は、ものの四半刻《しはんとき》ともたたぬうちに、また柳沢邸の塀近く、風のように舞いもどってきた。

邸内の警備はいよいよきびしさを加えて、燃え盛るかがり火が庭先をうずめ、昼をあざむくように明るい。塀から飛んでおりた仙海は傍若無人にもその明るさの中を横切っていく。

だが、さもむぞうさに歩くと見えるその姿は、不思議なことに、主人から離れた影法師のように、まるで足音も、動く気配さえも、感じられない。したがって、緊張している侍たちも、その背後すぐ二、三間のところを通り過ぎていく仙海にいささかも気づかないのだ。と思ううちに、行く手をかがり火の列にふさがれる。

仙海は一瞬のためらいもなく、銀杏《いちょう》の大木へひらりととりついた。みるみる大枝をよじ登って鳥のようにさっと向こうの木の大枝へ。

「やあ、夜鳥か？」

番士がかがり火のかげからぽかんと口をあけて上を見上げる。しかし、そのころには仙海の影はもうずっとかなたの松の巨木の幹をするすると伝いおりていた。こういうことにかけての神技と度胸とはまさにこの男の独擅場《どくせんじょう》である。

先刻の土蔵牢へもどるのではないらしい。そこは、もうすぐ檜様のはなれにあたっていた。

さすがの檜も眠れない。夜具にじっと身を埋めたまま、すぐそばの引き戸の奥に身をかがめてかくれているふたりのことを思うと、どうしたら無事に助けることができるだろうか——その思案に頭も破れるばかりであった。

それはもちろん、命をかけた恋であった。その恋に破れたときは、生きながらえる気力もうせ、物狂わしいねたましさに恋のかたきをずたずたに斬《き》り裂いてもやりたく思った檜ではある。

しかし、今となっては——少なくも死に直面しているふたりの姿をまのあたりに見た瞬間には、このかたがたを助けてあげたい——とただ一筋の、その思いばかりであった。

ひとりは命をかけた恋人三四郎であり、もうひとりは血肉を分けたこの世にたったひとりの妹ではないか！　まして一つ母の腹から出たお小夜は、この姉がしたいざんまいの栄華の半生を送ったのに引きかえて、哀れな寂しい暮らしにおいたってきた可憐な女なのだ！

命にかけても助けたい、と檜は思う。

だが、それは可能であろうか。

十重二十重にかこんだ警備の侍たちは、二日でも三日でも腰を据える決心のほどをほのめかしている。今も、あぶなく踏み込もうとしたかれらをかろうじて防ぎはえたが、いつふたりの隠れていることを感づかれぬともかぎらぬ。

（ああ！　どうしたらよかろうか？　父上さまにお話しすれば、きっとよいお知恵もあろうなれど……）

檜が苦しそうに寝返りうったとき——

瞬間檜は、息の根をとめて闇の中にかっと目を見開いた。まくらの、ちょうど真下の辺で、トントンと軽く床をたたくような音がしたのだった。

「三四郎さん、お小夜さん、……いないかね？　いたら返事をしてくれ、お嬢さま、檜さん……」

たたく音につづいて、そういう忍びやかな声が聞こえてくる。檜ははげしい驚きに息をひそめてまくらをおしやると畳へぴたりと耳をつけた。

「おれだ。仙海だよ。聞こえるかね？　ナンマイダア、ナンマイダア、頼むから聞こえてくれ」

檜は思わず警戒するように四方へ目をくばってから、畳へ口をよせてややせきこみながら、

「わらわじゃ。檜はここにいますぞえ」

「ああ、お嬢さまか。して、あのおふたりは無事でござんしょうねえ？」

「おう、もとよりじゃ。また、そちゃなにしにこの床下へ？」

「話す。聞いておくんなせえ。もちろん、おふたりのことだが、ご承知のように事は切迫していまさあ。ほうっておけば必ずあぶない、といったって、なかなかこのきびしい警戒をくぐって助け出すことはむずかしい。そこさ、お嬢さま。ぜひ一つお手を拝借いたしてえのさ」

「すりゃ、そちに妙案ありと申すのじゃな？」

「まあね」

床下で、にやりと笑ったような声である。

「策はあっても、まさにあぶない橋を渡るってやつさ。一つまちがやめちゃくちゃになっちまう。要は、この坊主を心から信じて万事をまかしてもらえるかどうかってことにある」

「信じましょう。策あらば、そのままに従って動きましょう」

檜は力をこめて言下に言いきった。

「ありがてえ。それだけ聞きゃあ、もう成功したも同じことだ。じゃあ、話します。まず、夜が明けたら腹心の……身も心も投げ出して味方になってくれるあんたの部下のひとりに、あんたじき筆の書状を持たせて使いにやっていただきてえ。その書状には、かねが注文の衣裳《いしょう》の類を催促する意味のことを書きこんで、あて名は日本橋の越後屋さ。それを持って出たお使いは、必ず関所関所で誰何《すいか》をうけようから、その時はことさらはっきりとその用向きを話してやるのだな。そのうえで……越後屋へ、と見せた足を同じ日本橋の、筑紫屋という回船問屋へ向けかえる。その店で、主人の卯蔵って男に、その書状を渡してもらえば、もうご用済みとなるのでさ。まもなく、越後屋からと称して長持ちをつった男たちがここへ乗りこんでくる。そいつらは残らずあっしの配下だから、その言うなりにまかせておいていただけりゃあ、それで万事がうまくいくんです。いや、必ずうまくいくにきまっている。おわかりになりましたね？」

「おう。わかりました」

とは言いながら、そんなことでこのきびしい警戒の目をくぐって助け出すことができるであろうか——檜は不安でならない気持ちだった。

「して、これからそなたは？」

「土蔵牢へもう一晩ごやっかい、といきましょう。ばかに気に入りましてね。けっこうなお住まいさ。いや、皮肉じゃあねえ。ははは……」

翌朝、檜から重大な役目を申しつけられた腹心のこしもとのお浜は、檜の書状をもってさりげなく柳沢邸を抜け出ようとしたが、まずその門のそばで警備の侍のためにさえぎられた。

「お女中待ちなさい。御身《おんみ》はご当家の者か？」

「は。ご息女檜様付きの浜でござりまする」

「早朝、どこへ参られる？」

「主命にて、日本橋まで……」

「何用で？」

「越後屋と申す呉服店まで、注文の用でござりまして……」

「ふむ、さようか。片方でこんな大騒ぎをいたしているというのに、さすがは女、のんきなものだな、……よい、通らっしゃい」

やっと通り抜けて、お浜はほっと息をついた。足を急がせて日本橋まで駆けつけると、越後屋へはいると見せて、近くの回船問屋筑紫屋の奥口へ素早く姿を消す。

「これはこれは、ご苦労さまにござります」

例の闘花蝶のとき以来顔見知りの卯蔵は、待ちかねていたように迎え入れて、

「たしかにご書状は頂戴いたしました。後刻、必ず参上いたしますと、さよう姫君さまへお申し上げくださいませ」

おそらくは、神出鬼没の仙海、昨夜牢を抜け出したと思ったのは、この卯蔵のもとへ駆けつけて手はずをととのえるためであったのだろう。

さすが仙海の有力な配下だけあって、その卯蔵の自信ありげな様子。だが、いかに仙

海卯蔵が知謀をめぐらすとも、この緊張した警戒網をくぐって首尾よくふたりの救い出しに成功しうるやいなや。思えば危ういことである。

「では、くれぐれもよろしゅう……」

お浜は何度も念をおして、人目をおそれるように用心深く、筑紫屋を出た。

さて、それからいっときもたったかと思われるころ、柳沢邸の裏門へ威勢よく近よってくる一団の人たちがあった。越後屋と染め出した印ばんてんの若衆が肩にになった油《ゆ》単《たん》がけの大長持ちが二さお。前後に番頭らしい男が二、三付き添って――

「え――日本橋、越後屋の者でございます。柳沢様へあがります。どうぞお通しなすってくださいまし」

警固の侍たちへ腰を低くして声をかける。

「越後屋だと?」

先刻お浜が使いに出たので来ることは承知はしていたが、この際うるさいやつだ、と言わんばかりに眉をしかめて、

「なにしに通る?」

「さきほどご当家の姫君さまから、かねがね注文の品なにゆえぐずぐずいたしている

か、そうそうに持参せよと、こうきついお達しがございましたので、このようにあわてて参上いたしました。これをご覧下さいまし」

証拠のつもりで檜の書状を差し出すのを、

「なるほど、まちがいはないようだ。よい、通れ。この書状はしばらく参考として預かっておく、いいか？」

「ええ、もうどうぞ、御自由に……」

商売さえできればけっこうだというようにぺこぺこ頭を下げながら門をはいった。そこへ、出迎えるように待ち受けていたお浜が、

「越後屋さんですね。さあ、ずっと奥庭へ回ってください。お待ちかねでございますから……」

お浜の案内でそのまま奥のほうへ消えていった越後屋の一行――奥で何がどう行われたかそれは知らぬが、四半刻とはたたぬうちに、また同じ庭先を回って裏門へ姿をあらわした。

「待て！」

やや鋭く番士が声をかける。

「越後屋。ひどく帰りが早いではないか？」

「へい。どうも、姫君様には少々ご気分が悪いご様子で……持参の品がお気に召さないとやら、きついおしかりをうけましたもので、へい」

「疑えば、その長持ち、人のかくれるちょうど手ごろな大きさだ。中に何がはいっている？」

「女衣裳呉服の類でございます」

「しかとさようか？」

「へ？」

「調べる必要がある。あけてみろ」

「別に怪しいものははいっておりませぬが……」

「つべこべ言うな。あけてみろと申すのだ！」

「へ、へい。あけます」

番頭のひとりがあわててふたを払うと中にはぎっしりはでやかな女衣裳がつまっている。

のぞきこんだ二、三人の侍がその衣裳を手荒くかき回して、底のほうまで調べつくした。

　だが、怪しいふしも見あたらぬ。

「よろしい。さっさと行け」

　そう言われて、一行は、長持ちにふたをかぶせるのももどかしそうに、あわててかつぎ上げて門を出た。そのうしろ姿を見送りながら、

「品物は売れぬし、ここではおどかされるし、びっくりして逃げていくわ……」と声をそろえて笑ったがその声が消えるか消えないうちに、

「おや？」

　ひとりが目を丸くして同僚を指でついた。

「あいつら、またもどってくるぞ」

　なるほど、今しがた逃げるように立ち去っていった方角から、長持ちをつった人影がこっちへ向けて小急ぎに近よってくるのだった。

「うるさいやつだ……なにか忘れものでもしたのかな？」

「いや、まて。どうも変だ。長持が三さおにふえている」

「なるほど、それに、あの油単の色が違うぞ」

「おかしい。あいつら……」

　ささやきあっているひまに、もうその一行は門前まで来てしまった。先頭に立った番頭が、うやうやしく腰をかがめて、

「ご門まで申し上げます。日本橋の越後屋でございます。こちらさまの姫君さまご注文の品持参いたしました。お通し願い上げます」

「なんだと。朝っぱらからなにを寝ぼけている」

「へ？」

「そのほうの店から、いましがた長持ちを持ち込んだばかりではないか」

「それは怪しゅうございますな。てまえどもからはほかに使いの出たはずはございませぬ。なにかのおまちがいではございませぬか？」

　その番頭は眉をよせて侍たちを見回した。

　侍たちは顔を見合わせていたが、突然なに思ったか、その一行をばらばらっと取りかこんだ。

「怪しいやつ。われらをたばかるかッ！　にせものであろう、うぬらッ?!」

「怪しいやつだ。越後屋の使いだなどと称して、われらをかたろうとするのだろう？」

「めっそうもございませぬ。怪しいのはわたしどもよりも先に越後屋と称して乗り込んできた人たちのほうでございます。なによりの証拠に、これをご覧くださいまし。姫君さまからのご書面をこのように持参いたしましたから……」

「なんだと？」

番頭の差し出す書面をひったくるように手にしたひとりが、二、三度目を通していたが、

「はてな？　これはおかしい」

と、同僚のひとりと目を見合わせて、

「貴公、檜さまのご筆跡をよく知っていると申したではないか。先刻の書面とこれと、いずれがほんものかよく鑑定してくれ」

言われた男は、二通の書面を前に並べてしげしげと見入っていた。そのうちに、だんだん眉が寄ってきたとおもうと、

「ふうむ。こりゃいかん。先刻のはうまく似せてはあるが、こうして並べてみると、どうもにせものらしいぞ」

「えッ？　そりゃ、容易ならん！　まちがいないな？」

「うむ。どうもそうとより見えん」

「もしそうとすると、一大事だ！」

じろっと長持ちの一行をねめまわして、

「貴公、一つ大急ぎで、奥女中をひとりひっぱってきてくれんか。この連中がほんものかどうか首実検をさせるのが早道だ。ついでに、さっきの連中が奥でどんなそぶりを見せたか、それがわかればなお好都合だが……」

「よし。行ってこよう」

ひとりは言下にももだちとって走りだした。

（越後屋が二組来たとすれば、いずれかがにせもののはずである。なんの目的でにせものが乗りこんで来たか？　言うまでもないこと——捜査中の罪人を救い出すためにちがいないのだ……うぬ！　不敵なやつめ……）

それにしても、奥へ女中を呼びにいった男のもどりのおそいこと——

もどかしさにいらいらしはじめたころ、その男はこしもとのお浜を伴ってあわただしく駆けもどってきた。何かあったらしい！　その男の顔も、お浜の顔も蒼白である。走りよるなり、声をひそめて、

「えらいことができあがったぞ！」

「なにッ？」

「てっきり、さっきのやつはにせものだったのだ。奥へ回ってみると、あまり静かなので、どうしたのかと思ったら、納戸《なんど》のすみへ七人もこしもとたちがぐるぐる巻き、さるぐつわまでかまされてころがっているではないか」

「えっ！」

「訊《き》くと、あの越後屋を名のったやつらが、不意をねらって、あっと声をたてるまもなく襲いかかってきたんだという」

「檜様は？」

「そのことはまるでお気づきなく、昨夜のお疲れで眠っておられたそうだから、よほど手ぎわよくすばやくやったものだろう」

そう言いながら、手にまるめて持っていた血にまみれた男の衣類を差し出して、

「見られい。これが、その隣の部屋へ捨ててあったのだ」

「や！　ありゃあ？」

驚くも道理、まさしく三四郎の衣類である。

「そりゃあ三四郎の衣類だッ！」

「たしかにそうと思う。しかし、これが脱ぎすててあったところをみると……」

「衣裳を取りかえたのだ。逃げたな」

「逃げるとすれば、あのにせ越後屋の一行にまぎれこむよりほかはないが、この長持ちは底まで調べつくしたではないか」

「うむ……」

と、不可解そうに顔をしかめた侍たちのそばから、蒼白な顔色のお浜が、

「わたくしも不意をつかれて不覚にもおくれをとったひとりでございますが、その時、隣から、商人のふうをするのはむずかしいな……とそんなささやき声が洩《も》れて聞こえました。あるいは、あの番頭めのひとりにでも化けて……」

「それだ！」と、二、三人が同時に叫んだ。

「長持ちのみはよく調べたが、どうも番頭の頭数までは数えなんだぞ、逃げたとすればそれよりほかはない」

「ええっ、貴公らッ！　逃げ方の詮議《せんぎ》をしている場合ではない。早く手配りしてやつらをひっとらえろ！　網を破られてそのままとなっては腹切りもんだぞ！」

「なあに、遠くは行くまい。それ追いかけろ」

けたたましく人を呼んで、その連中はばらばらっと神田橋の方面へ駆け散っていった。門へ残ったのは、あと詰めの番士四、五人と、お浜と、あっけにとられた越後屋の一行。

「越後屋。せっかく来たのだが、取り込み中だ。帰ってくれ」

番士が不機嫌に追っ払おうとする。

「それはご命令ならば引き取りもいたしますが、無断でもどりましては、あとでお小言を頂戴いたさねばなりません。一応姫君さまへお通じ下さいまし」

「ほんに、そうでございます。騒ぎをお聞きあそばして、今しがた姫君様にはお目ざめでございましたが、越後屋はまだ参らぬかとご催促がありましたくらい……先刻は、わたくしの不注意からとんだ偽りものを引き入れて皆さまにご迷惑おかけして申しわけございませんでしたが、このかたたちこそ、まちがいない越後屋さんですから、どうぞ通してあげてくださいまし」

お浜もしきりにことばをそえるので、番士も不承不承その通門を許さざるをえなかった。

「どうだ、不敵な逃亡者はつかまったか?」

「いや、どうも手がかりがない」

にせの越後屋を追っていった連中のひとりが連絡のために帰ってきたらしく、門のところであと詰めの番士と立ち話している。

「神田橋を渡ったことは確かだが、すぐその先のあき地へ、例の長持ちが投げすててあって、それから先、どう逃げくさったか、かいもく見当もつかんのだ。困った! 実に困った」

「あの人数の中にまぎれて抜け出たとはほんとうであろうか? ほんとうとすれば、実に大胆きわまるやつだ」

「しかし、男は抜け出たが、お小夜はまだこの屋敷にかくれているはずだ」

「うむ、なるほど。そうだったな」

「お小夜をひっ捕らえておとりにしてむごく痛めつければ、三四郎のやつ、すぐわなへとびこんでくる。案外、簡単に捕らえられるかもしれん。こうなっては、まずお小夜を捕らえることとさ」

話しているところへ、越後屋の連中が奥庭をまわってもどってきた。

越後屋の一行のうしろからお浜が付き添ってきたのを見ると、番士たちはまずほっとした。この女が見送りについてくる以上、なにごともなかったのだろう――とそう感じたからである。番頭たちは門まで来ると神妙に足をとめて、

「まことにおやかましゅうございます。たびたびお手数をかけてあいすみませぬ」

さっきの騒ぎを知っているからであろう、なにも言われぬ先におろした三さおの長持ちを気持ちよく払って、中にいっぱいつまったままでいる衣裳を次々にまくり上げて見せるのだった。

「さっきだんな様がおっしゃられましたとおり、けっきょく出直すことになりました。へい。どうもお気に召さないので、このとおりそっくり持ち帰りでございます」

番士たちは、その長持ちのほうへは一瞥をなげただけで、番頭や、長持ちをかついでいる印ばんてんの男たちを、ひとりひとり、しげしげと穴のあくほどにらみつけた。よほど、さっきの失敗が肝に銘じたのだろう。

(頭数にもがん首にも異状はないようだ。さっきもこのくらい注意を払いさえしたならなあ)

愚痴っぽくそう思いながら、

「よろしい。通らっしゃい」

「では、お浜様。姫君さまによろしゅうお取りなし下さいませ」

番頭たちはじょさいなくそっちこっちへいくつも頭をさげてその門を出ていった。

油単をかけた長持ちが三さお、付き添いの番頭が二、三人。このへんでは別に珍しい一行でもなし、ふり返って見るほどの人もなかったが……


「きょうはまた、ひどくきびしいご警戒でございますな」

神田橋の番所へわざわざ首をさし入れてせじ笑いをしたのは赤吉である。至極上機嫌で醜怪な顔がいよいよ醜くえみくずれている。

「大きな声では言えんが、ちと大きな捕り物があってな……おぬしなども、きょうはこのへんをうろうろせんほうがいいな」

ふだんから抜けめなく鼻薬をかがしてあるとみえて、番士のことばはうちとけている。

「それはまあ、たいへんでございますな。すると、うわさに伺いました昨夜のろうぜきものが、まだつかまりませんので？」

「うむ。実に大胆不敵なやつで、どうやら、柳沢家出入りの商人に化けて逃げうせおったらしいというのだが……大騒ぎのさいちゅうだ」

「伺いました伺いました。越後屋の番頭の中へまぎれこんで逃げうせた、とこういうのでございましょう？　へへへへ……皆さま、さすがにおっとりしていらっしゃいますなあ」

人を小ばかにしたように笑って、

「いや、きょうは、赤吉め、めでたいことがございましてな。はい。もう皆さまにうれしさをお分けしたくてたまらないんでございますよ。だんなさま。ひとつ、おなじみがいに、大てがらをお立たせ申しましょうか。いやね、そのろうぜきもの——神奈三四郎にお小夜とやら申しましたなあ……そやつらのかくれているところを知らせてさしあげようか、とかよう申すんでございますよ。へっへっへ……」

赤吉がわざわざここへ顔をつき出すとはただごとでないとは思ったが、さてこやつ、なにをたくらむのか。

「なにッ？　おぬしがやつらのかくれた場所を知ってると？」

番士はけしきばんだ。

「はいはい。やつらがいかに神出鬼没の神通力をもっていましょうともこのわたしの眼力をくらますことはできませぬ。いいえね。やけるんでございますよ。あの美男美女、しっくり手を握りあって、うまうまと逃げおおせたら、畜生、どんな甘ったるい夢を見くさるだろう……そう考えると、へっへっへ……むかむかしてまいりましてな。ついもう、この老人が憎まれ口をききにわざわざここまで出てくるのでございますから恐ろしいもの……とはいうものの、ほんとうは、やつらのかげに念仏の仙十郎とかなんとか、偉そうに肩ひじはったやつがくっついているかと思うと、とても黙っちゃあいられなくなりますんで……」

「よくしゃべるなあ。むだ口はいいかげんにして、そのかくれ場所というのはいったいどこだ？　教えろ……恩に着るぞ」

「と、うそにもおっしゃっていただきますと張り合いがあるというものでございますよ。さきほどから二組も、越後屋の長持ちが柳沢様へあがりましたな。お気づきのこととは思いますが、あれは二組ながらくわせものでして……」

「なんだと？」

「まあ、日本橋の越後屋まで使いを走らせて、ほんとうに柳沢様からご注文のお使いがあったかどうか調べさせてごらんなさいませ。驚き桃の木山椒《さんしょ》の木でして、まったく……」

「うむ……」

「わたし、道でふとあの長持ちの連中を見かけて、はてな、どこかで見たようなやつ……と思ってよくよく考えて見ましたら、なんと、それが仙十郎の手下のやつらじゃあございませんか。なにをしやあがるのかと、様子をうかがっていると、ずうずうしくも……いやはや油断のならぬ世の中になりました」

「全く油断はならぬ。その連中にまぎれこんでうまうまと三四郎に逃げられてしまったのだ」

「とお考えになるのがそもそもご油断でございますな、まあ思ってもごらんなさいまし。柳沢様のご門でもその時長持ちの中はご番士お手ずからじゅうぶんお調べになって不審のかどのないことをお確かめになられたはず。またあの三四郎が、急に番頭に姿を変えたとて、たくさんの人の目を残らずくらませるとは考えられませぬ。つまり、その時はまだ三四郎は屋敷の中に残っていたのでございますよ」

「しかし、奥女中どもが縛り上げられていたと聞くが、それはなんのためであろう?」

「それもこれも皆、仙十郎らしい皮肉な狡猾《こうかつ》な大しばいなんでございますよ。そうして皆さまの注意をその最初の越後屋の人数へ向けておいてそのすきに二回めのにせ越後屋が殊勝らしい顔をして……手のこんだ大しばいでございますな。そうでもしませんと、ご警士の注意をそらせることができません。それに大きな声では申せませんが、どうやら檜様あたりが共謀《ぐる》のようでございますよ。共謀でかかられちゃあたまりません。論より証拠、それ、二度目の長持ちが、もっともらしい様子で静々とやってくるではございませんか。だんなさま……へっへっへ……恩にきなすっておくんなさいましよ。三四郎とお小夜、あの長持ちの底にきっとかくれておりましょうとも……」

大御門をくぐってます形の袋地へはいった越後屋の一行は、おやっというように顔を見合わせて足をとめた。橋へ通じる冠木御門《かぶきごもん》がぴったりしまっていたからである。

「もし、お役人さま。ご門をおあけなすっておくんなさいまし。柳沢様お出入りの越後屋でございます」

番頭のひとりがもみ手をしながらそう言うのを、そばにいた番士は聞こえぬふりをしている。いや、そればかりではない。いましがた一行がくぐったばかりの大御門から、もののしく打ち物おっとった番士たちがなだれるようにぞろぞろはいってきて、みるみる袋地をいっぱいにうずめつくしたとおもうと同時に、ギーッとその門が閉じてしまった。

番頭はぎくっとしたように耳をそばだてたが、さりげない様子で、

「怪しいものではございません。柳沢様お出入り鑑札もございます。ご覧に入れましょうか？」

「つべこべ言うな。きさまらが怪しくなくてだれが怪しいというのだ！　訴人があっていっさい判明している。ありていに言え！　大罪人を助け出そうとたくらんでいるのであろう？」

「とんでもございませぬ。それはきっと、あのにせ越後屋めのとばっちりが降りかかったお疑いでございましょう。ほんとうに正直な商人は迷惑いたします。さあ、ご不審なかどがございましたら存分にお調べくださいまし。まず、この長持ちの中からあけてご覧に入れましょう」

言うより早く、柳沢家の裏門でやったと同じように、三さおの長持ちのふたをさっとあけて、中の衣裳を次々にまくって見せるのだった。

「いかがでございます？　お疑いははれましてございますか？」

　その時、

「へっへっへ……」

　と、赤吉がせせり出てきた。

「これさ、お若い衆。子どもだましの猿しばいに鼻高々となって、この老人の腹の皮をよらせないでおくんなさいよ。いやさ、この赤吉の顔をよも知らないとは言いなさるまいの？」

「はて、あなたさまは？」

「とかなんとか、やろう！　しらばっくれるない！　大どろぼう仙十郎の身内のやつら、とにらんだこの目にはずれっこはないはずだ。人さまの目を節穴にしやあがって……三さおの長持ちのうち二さおが、重みがぐっと足へくるかつぎよう。そんなことでこの赤吉の目がくらませられると思っているのか？　だんなさま。やつらにふたをあけさせたんでは手品をつかいます。ご自身で中を調べなくってはだめですよ。これ、このように……」

　言いざま長持ちへ走りよると、中へぐっと手をさし入れてつまっている衣裳をはねのけた。

「あっ！　なにをなさる！」

愕然として番頭のひとりがおどりかかってくるのを、老人とは思えぬ力ではねのけて、

「それみろ！　二重底だ……」

なるほど、長持ちの底は二重になっていたとみえる。その中底がはずれるとみるや、あっと軽く声をたてて起き上がろうとした人の髪の毛を、赤吉の節だらけの手がむずとつかんで力にまかせてずるずる引きずり出した。

「ご覧なさい。この赤吉はうそは申しません。これがお小夜という女でございますよ」

赤吉は得意そうに鼻をうごめかして、無残にも髪をわしづかみにしながらお小夜のからだをあおむけに引き倒そうとする。

「いわぬことではない。お小夜さん。こんなみじめなことになるのも心がらだよ。わしの言うことさえすなおに聞いてくれれば……いやさ、それもたった一晩うんと首をふってくれれば、あとはこの赤吉が肩を入れてさ、今ごろは、三四郎といったね、おまえさんの好いた男と苦労なしの甘い暮らしもできたものを。愚痴にはなるが言わずにゃいら

れない。苦しみなよ。もがくがいいさ。どうせこれが見おさめだろう。うんともがいて、せいぜい色っぽい様子を見せといてくれ。ふふふ……」

髪を赤吉の手にとられて、あお白いすんなりしたのど首を折れそうに空へのけぞらせて、お小夜は引き倒されまいと長持ちのへりへけんめいに身をささえている。荒々しく起伏する胸元の隆起を赤吉の目がくい入るようににらんで、その顔はいよいよ残忍にゆがんできた。とたん、

「あっ！」と声をあげて、赤吉が髪をつかんだ手をはなした。お小夜がとっさに懐剣を抜きはなって突いたのだ。はずみにそのからだはどすっと長持ちの中へうずくまる。

「このあまッ！」

血のしたたる手をふって忿怒《ふんぬ》の声をあげながらお小夜にとびかかろうとした赤吉の前を、番士たちがさっとさえぎって、お小夜の倒れた長持ちの上へぴたっとふたをかぶせてしまった。

同時に、もう一方の長持ちのほうでは——

「や！　動くぞ」とひとりが警告の声をはなった刹那、目もさめるばかりはでやかな衣裳がくずれて、三四郎の姿がぬっと立ち上がった。

る。


「出た！　こやつッ！」

「神妙にしろ！」

わきかえる人声の中に、三四郎は意外なくらい静かな目の色をしている。

長持ちをまたいで、じっと四方を見渡した。猫額大《びょうがくだい》の袋地を番士が埋めつくしている。

越後屋をよそおった連中は既にいずれもおさえつけられて番士になわじりをとられている。お小夜の長持ちはふたの上から太いなわでぐるぐる巻きに縛り上げられていた。

（すべてはこれまでだ……）と運命を見つめる気持ちで三四郎は思う。

（このうえ無益な血を流したとてどうなる）

「神妙にしろッ！」
三、四人がさっと左右からおどりかかってきた。三四郎は手もあげぬ。腕を腰を肩をつかませたまま、強引に、すたすたとお小夜の長持ちのそばまでよると、
「お小夜殿。死んではいかぬぞ。いいか！　死んではいけない。死ぬときはみどもといっしょに死のう。わかったな、くれぐれも……」

それだけ言うと、胸もとへ組みついている男の肩を静かにたたいて、

「騒ぐな。お望みのところへ参ろう。なわをかけるか？　それとも、お小夜殿と同じ長持ちへはいろうか？」

なんのてらいも強がりもなくすらすらと出たことばであった。

逸したり

ついに、三四郎とお小夜は捕らえられてしまった。三四郎自身の決死の努力、檜の情け、仙海の知謀——あらゆる良い人たちの苦心にもかかわらず、ついに運命はふたりを死のなわにかけてしまったのだ。

しかし、今こそ三四郎には、少しのあせりも思い残すところもない。その人たちの熱い志に涙ぐみながら、自若として運命に身をゆだねるだけの余裕が気持ちにできている。

お小夜とても、三四郎をはっきりとわがものとなしえた自覚の中に、女としてなにものにも代えがたい喜びを感じて、運命に謝する気持ちになっていなかったとはだれが言いきれよう。

さりながら、かれらふたりがいかに思いあきらめ、悟るところあろうとも、それはなんという苛酷《かこく》な運命であったろうか？

捕らえられたふたりがどこへ運ばれてどうなったか？　すべては極秘に扱われ処分せられたためだれも知らぬ。仙海はもとより、檜も、保明ですら、いまだそれを耳にしない。知らぬがゆえに、まだ柳沢邸の土蔵牢にゆうゆうと寝ころんで、仙海は上機嫌であった。

（ここで聞いている様子じゃあ、すべては上々吉に運んだらしいて。今ごろは、神田橋を渡って、卯蔵の手へ長持ちが渡っただろう。おふたりとも、ご苦労はしたろうが、まああ今夜はひとつ水入らずで楽しい一夜をあかしておくんなさいよ。とはいうものの、あの堅いおふたりのことだ、妙に堅くしゃちほこばってむだな遠慮をしていなさりゃしねえかな。卯蔵のやろう、そのへんをうまく取り持ってくれるといいんだが、畜生、どうもこのおれも苦労性だよ）

腕まくらにあおむけざま、大の字に寝ころんでにやりにやり思い出し笑いをしているのを、見回りの牢番が格子口からのぞきこんでいささかあきれたというように眉をしかめた。

（なんというやろうだろう。あんなに愉快そうにひとり笑いをもらしている……）

その気配にかま首をもち上げた仙海が、

「よう！　あにい。柳沢の大将に会って、おりいって話してえことがあると、ちょっくら使いをたのまれてくれねえか」

「なんだその口のききようは！　ばか者め！」

「ふくれっつらをするなってことよ。人間愛嬌が大切だぞ。ご当家の浮沈に関する一大事だとそう言え。昨夜、このお屋敷の塀外を騒がした曲者たちのかくれた場所を、このおれが知っているとそう言え。ぐずぐずしてると、この格子戸をけやぶってつっ走るぞ！」

「なんだと！　きさまが、曲者のかくれ場所を知ってると？　知っていたらごぜんをわずらわすまでもないこと、みどもに言え！」

「つべこべ言うな。今、このおれさまは上機嫌だからいいようなものの、ぐずぐずしてやがるとあばれだすぞ。やい！　このおれが、念仏の仙十郎だってことを忘れるなよ！」

　牢番は半信半疑で仙海の顔を見つめていたが、仙海が今にもほんとうにあばれだしそうな気配を見せたので、あわててその戸口を離れた。ためしに、おそるおそる保明の前へ出てそのことをつげると、庭のたなに並んだ盆栽へ水をやっていた保明は、なにも言わず、日ごろよりもこころもちあお白んで見える広い額へ、余人には悟ることのできぬ苦悩の影をかくしてつかつかと土蔵牢のほうへ歩きだした。

「だんな……だいぶ久しく会わねえような気がしますねえ」

格子戸を間にして、保明と仙海とはじっと目を見あわせながら向かいあった。

「まさか、ゆうべの曲者の逃げ場所を、ほんとうにあっしが知っていてそれを知らせるためにお呼びしたとは思いなさりますめえね」

「あ！　こいつッ！」

保明のうしろにいた牢番が愕然として声をたてた。そのほうを仙海がじろっとにらんで、

「お人払いを願いやしょう」

保明は振りかえりもせず、低い声で、

「さがれ」とだけ言った。

牢番は、ちょっとためらいながら、とうとうそこをさがっていった。

「ほかでもねえ。ここにひとりの男と男とがいる。ひとりは大どろぼうの一言を信じて

牢の鍵《かぎ》を渡したままなすがままに黙ってさせている。もうひとりのどろぼうのほうでは、幾度も逃げられる機会をもちながら、男としてのいじからあえて逃げずに錠のねえ牢の中でまずい飯をくっている。ところでだんな。あっしはこのにらめっこをそろそろけりにしてえと思いだしたのさ。なにしろ、ここの飯はまずいからねえ」

保明は、黙々として、眉一つ動かさぬ。

「あっしは大手をふってこの牢を抜け出しますぜ。しかし、その前に、その代償として、髑髏銭のなぞを残らず解いて残していきてえ。前にも言ったように、あっしが髑髏銭に骨身を削ってるのは、欲でもねえ、みえでもねえ、もって生まれた物好きと、あの赤吉の悪党へのいじからさ。だから、喜んで残らずここへ残していける。いいだろう。その代償に、このぬすっとはまた娑婆の風にふれるんだ。それともあっしを、うしろ手に縛り上げて三尺たけえ木の上へさらしものにでもして見なさるかね」

保明は一語も発しない。

「よし！　あっしは、髑髏銭のなぞを解いた代償として、ここを出ていくことにきめた！　おまえさんも異存なし！　ところで、だんな。あっしの気になってならねえことがある。まず、伺うが、赤吉のやろうは、なぜむざむざとお小夜さんをこの屋敷へ送りかえしてきたのかね？　ただの忠義だてからだろうか？　いや、そんな優しい心根のやろうじゃねえ。たしかになにか代償をふっかけて持ってったはずだ。だんな、その代償はなんでしたえ？　訊《き》きてえのはそのことだったんでさあ」

保明は二つ三つ大きく呼吸をした。

それから、なんでもないことのように、

「江戸城ご普請の下請け……」

「えっ？」

こんなに大声をあげて、仙海の驚くことはめったにない。

「なんだって？　江戸城のご普請だって？」

「うむ……」

「ばかッ！」

むしろ、おのれを叱咤《しった》した罵声《ばせい》である。

「畜生！　なぜそのことに今まで気がつかなかったんだ！　しまった！　赤吉め！」

急激に全身をゆすった忿怒《ふんぬ》の暴風が、突然さっと過ぎさると、仙海は目ばかりぎらぎら輝かせて格子戸へしがみつくように保明のほうへ顔をよせた。

「銅座の赤吉に筑紫屋の卯蔵が、命がけで闘花蝶を争ってまで、なにゆえお城のご普請をうけたがったか？　考えてもごらんなせえ。伊達や酔狂の沙汰じゃあねえはずだ。お城の土台下から待望の髑髏銭をこっそり掘り取りてえばかりのたいした野心にほかならねえと、お気づきにはなりませんかねえ？」

保明のほおがぴりりっと震えた。おもわず一歩、前へ踏み出して、仙海の目の中をじっとのぞきこむように見すえたが、

「髑髏銭じゃと？　それが、お城土台下に、まこと埋蔵されおると申すのか！」

にわかには信じがたいようにくちびるをしかめるのだった。

「じゃあ柳沢様ともあろうおかたが、ほんとうにご存じなかったんですかえ？」

「知らぬ。ありようにもない奇怪な話だ」

「ありようにもねえことが実際にあるからこの世の中はおもしれえのさ。まあお聞きなせえ。がてんのいくようお話ししやしょう。あの浮田左近次が、明暦三年の大火の当夜、赤吉一味の野心家どもに襲われて惨死したことはご存じのとおりさ。ところで、その赤吉一味がご承知のように仲間割れしましてね、左近次の手から奪いとった珍貨髑髏銭十四枚のうち、金銭開基勝宝、銀銭太平元宝の二枚が猫使いのお兼のおやじの手へ

渡ったことはだれでも知ってることだが、残り十二枚の銅銭いわゆる皇朝十二銭一組がどこへ消えてどうなったか？　知る者なしと絶望されていたその秘密が近ごろに及んで明るみに出たってわけさ。だんな、赤吉一味に公方作事方《さくじがた》で津軽なにがしなる者があったはずだが、そいつの手へその十二銭が渡ってね。ところが、仲間からねらわれるおそれから、おりから火災後のご普請中だったご本丸付近のどこか——たぶん富士見やぐらの土台下だろうって見当はついているが、そこへ十二銭を埋蔵したんだっていう、そんなうわさとも伝説ともつかねえ地獄のたよりがこの耳へはいってきましたのさ。うん、そのうわさを真実づける証拠も出ている。そもそも赤吉のやろうが、お城ご普請をねらういじょう、それを知らねえはずは、よもござんすめえ。だんな。しまった！　と言うのはそこでさあ」

聞いているうちに、保明はほとんど無意識に軽く肩をゆすりながら、格子戸の前を右へ左へ歩きはじめた。

「もう、おそいかな？　おそいだろう。今ごろ赤吉のやつ、ことごとく髑髏銭を手に入れて、あいつのことだ。もう第二段の実行にかかっているかもしれねえ。だんな。ものはためし、ご城中まで使いを走らせて赤吉が富士見やぐら下を掘りにきたかどうか、なにか掘りとって帰ったかどうか、至急調べさせてごらんなせえ。だが、なあに、万事はこれからだ。あっしにも対策はある。要はいっとき半ときの争いさ」

保明は立ち止まって手をたたいた。出てきた先刻の牢番に小声で命ずると、やがて、柳沢邸からご城中向けて走りだす使者の姿が見えた。

仙海も保明も、まるで怒ったようにむっつりと押し黙っている。使者のもどりがひどくおそいように感じられた。おそければおそいほど、そぞろ不吉が予感されてくる。

やがてころがるように近寄って来た足音が、

「殿！　ただいまもどりましてござりまする」

「うむ」

「銅座の赤吉、仰せのごとく、きのうよりご公許を得て富士見おやぐら改築のため土台掘りにかかりおりましたるところ、先ごろ、なにやら古銭のたぐいを掘りあてましたとか、急遽帰宅いたしました由にござりまする」

はたして赤吉は、ご修理を名として富士見やぐらの土台下を掘って古銭を手に入れたのだという。かれがそれを得てからあわただしく引き揚げていったというところからみると、それが髑髏銭でなかったとだれが言いきれよう。

「やったな、赤吉。さあ、いよいよ力と力の勝負だぞ！　だんな。あっしは半日の自由がほしいんだ。いいや、半日とは言わねえ。二とき、一ときでじゅうぶんだよ。さあ、あっしをここから出しておくんなせえ。ひとりで放つのがぶっそうなら、見張りの人数をつけたってかまわねえ。それでも安心がならねえなら、この腰になわをつけてぶらさがってくるがいいんだ」

仙海は火を吐くような口調で叫んだ。

「いいや、やろうには負けられねえ。やろうに浮田の八宝がころげこんで、それでおまえさん黙っていられるかね？　おい、だんな！　ところがおれはやつに一歩おくれている。ううん、髑髏銭を一瞥すりゃあ、そんななぞなんぞひとたまりもなく解いてみせる。ひと目だ、たった一瞥することが必要なんだ。まごまごしていると、やろう、二度とわれわれの手にはいらねえところへその銭を処分しちまうおそれがある。おい、どうした？　なにをまよっているのだ？　おれをここから出せ！」

保明はむっつりと口をつぐんで、牢の前を歩き回っている。決しかねるものが胸の底に残っているというように……

「出せ！　出さなければかってに出るぞ！」

保明は立ち止まって、仙海の姿を頭の上から足の先までじろっと見やった。

「勝算はあるのだな？」

「もちろん！」

「たとえ手にはいるとも私《わたくし》せぬ、と誓うのだな？」

「くどいぜ！」

保明は声をあげて牢番を呼んだ。

「この戸をあけて、放ってやれ」

「は？」

と、番士はおのれの耳を疑うように、ちらっと保明の顔を見上げた。

「こやつを、放つのでござりまするか？」

保明がそっぽを向いたまま黙っているので、しかたなく錠をあけて戸を開いた。仙海は、胸を張ってぬっと立ち出る。

「この世の中には、まだおもしろいことは残っているもんですねえ、だんな」

言うより早く、きびすをかえしてすたすたと歩きだす。その足が見る間に早くなって、あっという間に消えてしまった。

（ちぇっ！　逃がしたッ！）

赤吉の銅金御殿へ駆けつけた仙海は、やり場のない忿怒《ふんぬ》にはげしく舌打ちした。（柳沢のおおばかやろう！　てめえのいらぬ思案が長すぎたからだぞ！）

家捜ししても既にその家には赤吉の影さえ見えなかったのである。おどして訊《き》いた家人の話では、先刻お城から下がると、腹心の用心棒三人を伴って突然旅立ってしまったのだと。

（畜生。どの方角へずらかりやがったか？）

仙海の頭にある霊感がきらっとひらめいた。

（そうだ！　中仙道……）

相寄る魂

　小料理屋の二階で気炎をあげていた、なりのあまりよくない、それでいて江戸ずれて見える四、五人のいなか侍たちのうちのひとりが、その時表の騒ぎを耳にしたらしく、なにげなく窓から塀越しに往来の向こう側を見おろした。

　人だかりがして、なにかわめいている女の声が聞こえてくる。

「なんだ、あれは？」

　そう言われて、酌の手をとめた女中が、

「女の酔っ払いらしゅうございますよ」

「なにをおこっているのだろう？　ほう！　なかなかの尤物《ゆうぶつ》ではないか？」

「ほんとにね。あんなに若くて奇麗な顔をしているくせに、いやですねえ。女の酔っ払いはすぐああだらしがなくなるんですから……」

「いやなことはないわさ。ああいう風景も、男にとってはいい目の保養になる。ははは……」

「なんだなんだ?」

と、ほかの者も窓ぎわまでよってきて、

「やあ、女が大の字にふんぞり返っているではないか?」

「だからよ。一瞥千金のながめじゃと申しておるのさ」

「ふふふ……貴公ときたら。すぐそれだ」

「と言うおぬしも、まんざらきらいの口でもなさそうではないか。これこれ、そんなに乗り出すと窓からおちるぞ」

往来の女は、一度立ち上がったが、ひどく泥酔しているとみえて、またすぐよろよろっと、うどん屋のあんどんにかじりついたまま、赤くすそをひろげてころげてしまう。

「ありゃあ、しろうと女ではないぞ」

「みどもは大家《たいけ》のめかけらしいとにらむな」

「なんの、あのからだつきでは、断じて処女にちがいない。めかけなものか……あ、またころんだ」

「おもしろそうな女だな」

「うん……」

意味ありげに顔を見合わせてにやっと笑う。

「どうだ、ひとつ酌をさせに呼びこんでは？」

「いいな」

「それは趣向だ……」

「よし。ひとつ拙者が行って、うむを言わさずひっぱってこよう」

「まあ、だんなさま。罪なことなさいますなよ」

と女中がたしなめるのへ、

「何が罪だ？　酔っ払いをああして往来へほうっておくこそ罪ではないか。呼び入れてわれわれで介抱してやろうというに……だいいち、きさまのようなすべたでは同じ酒がまずくてかなわん。汐見氏。さあ、かまわん。行け行け」

「よしきた」

汐見と呼ばれる男は威勢よく立ち上がった。

「後学のために、窓から拙者の女をさばく手ぎわを、じゅうぶんに見物いたしておれ」

正体もなく酔いしれたその女は十六夜《いざよい》のお銀であった。ならぬ恋と知り、あきらめようと心に定めながらも、理屈どおり右から左へ忘れ去ることのできるほど、かりそめの恋であったろうか。野性をそのままに育ったお銀が、身も心も火と燃えたたせた、生涯に一度あって二度来ぬ命をかけての恋であったものを！

あきらめよう、とは思いながらも、ひとりおればその人を思い、その人を思えば寂しさに胸もつぶれる思いである。寂しさのあまり浴びる酒のまずさ。それでも、飲んで忘我の境に没入せねばいられないお銀であったのだ。

髪も胸もすそもしどけなく乱れて、その酔いの沈んだほおに、涙のあとが薄黒くよごれている。心ある人は、事情は知らねど、その姿へあわれむように目をそむけて通り過ぎるのだった。

どけ、とも言わず、酒臭い息をあびせながら、人だかりを無遠慮に押し分けてぬーっと姿をあらわした先刻の侍が、

「ここにいたのか。しようのないやつだ！」

と、周囲のほうへ聞こえよがしにそう言いながら、倒れているお銀の片腕をひっぱっ

た。

「どこへ参ったかとほうぼう捜したではないか。少しばかりの酒に、いくじのないやつだ。さあ、立て。皆心配しているぞ。立てんのか」

「な、なんだって。皆心配してるって？　へん！　ばかにしやあがるねえ。おまえさん、どこの二本差しだよ。こん畜生。よけいなおせっかいやくなっていうんだよ」

わめきたてるお銀に、皆まで言わせず、

「なにを寝言を言っている。こんな所へ寝ていてどうするつもりだ？　みどもだみどもだ。立てんのならば、この肩へつかまれ」

お銀の帯ぎわへ片手をかけて、力まかせにぐいっと引っ立てると、その肩へ半ばかつぐようにしてしゃにむに歩きだした。

「なにしやがんでえ！　いやだってば！　どこへいくんだよッ！」

手足をばたつかせながらもつれる舌でわめくのを、やじうまはおもしろそうにげらげら笑って見ていた。

お銀をかついだ侍の姿が例の小料理屋の中へ消えると、ばかな顔をして見送っていた人だかりもばらばらと散っていった。そして、だれもいなくなったその往来に——

さっきお銀が抱きついて倒したうどんやのあんどんの陰に、その男は化石したように凝然と立っていた。やせて背の高い浪人者——あの復讐鬼、銭鬼灯である。

片目をおおった白い眼帯が、その男のただでも悪い顔の色をいよいよ沈んで見せている。

もう一方の、糸のような細く見開いた隻眼は、往来を越えてお銀の連れこまれた小料理屋の軒先を、刺すように鋭くにらんでいた。

ほとんど、息さえしていないように見えるそのくちびるから、さっきから聞こえるか聞こえぬほどの無意識のささやきがもれていた。

（おぎん……おぎん……）

やがて、その影はあんどんのそばを離れてゆっくりと往来を横切った。小料理屋の入り口へ風のように立って、

「二階に部屋はあるか？」

「へ？」

出迎えた女中が、その姿に、声に、なぜとも知れずびくっとして首をすくめた。

その侍はもとの座敷へもどってくるなり、お銀を中央に投げ出すようにおいて、

「どうだ」

　と自慢らしく一座を見回した。

「女というほどのものは、みどもの手にかかるとまずこんなものだ。いやもおうもなくご覧のようにおとなしくなる」

「そうでもなかったようだぞ。だいぶてこずっていたようではないか」

「あのくらいはてこずるうちではない。子どもをあやすにだって多少の手数はかかる」

「そうだそうだ。とにかく、本日の殊勲者と認めようではないか」

「うむ。こりゃあ拾い物だな。遠目に見たよりも、はるかにこれは尤物だわい」

　正体なく倒れているお銀の雨にうたれたなまめかしい姿へ、酒に血走ったいくつもの目が野獣のように気味わるく注がれる。

　お銀はよろよろと上半身を起こした。

「どこだい、ここは？　え？　あれんばかりの酒に酔ってたまるものかよ」

「そうだとも。あれんばかりの酒に酔うものか。さあ、こっちへよって、もっと飲め」

「な、なんだい、おまえさんは？」

　と言いながら、またばったりと倒れる。

ひとりが無遠慮にそのからだに手をかけて引き寄せながら、

「さあ、酌をしろ」

「いやだ！　畜生ッ！　離しやあがれ」

「ははは……なかなかこの女、いきがいい。もっとあばれてみろ」

もがけばもがくだけ乱れて広がってくる下着の色のあざやかさへ、侍たちの目はしだいに露骨に興奮を示してきた。

ふと気がついたひとりが女中に、

「おい、女。気のきかんやつだ。酒を運んだらさっさと向こうへ行ってしまえ」

「はいはい、承知しました。でも、かわいそうですからあまり手荒くなさりませんように」

さすが女らしく、きのどくそうにお銀の姿へ横目をやりながら言う女中へ、

「なんだと？　だれが手荒くした？　つべこべ言うとたたっ斬《き》るぞ」

理も非もなくおどされて、女中はびっくりして座敷からとびだした。その背後で、びしっとふすまがとじて、一度どっと上がった哄笑《こうしょう》がしずまると、急にその座敷が静かになる。

「ほんとうにいやな侍だよ」

女中がしかたなさそうに眉をしかめて歩きだそうとすると、廊下の向こう側のふすまがするりとあいて、ふところ手の見上げるような背の高い浪人――銭鬼灯がぬっと姿を現した。

なぜともなしにびくっと足をとめた女中のそばを、かれはものも言わずすり抜けて、その座敷のふすまの前へ吸いよせられるように立ちどまった。ふすまの向こうから、

「何しやがんだい、こいつら！　畜生ッ！」

「この女、これでなかなか強情だぞ。これ、少し静かにしろ」

何をどうしたのか、ふふふふ……とげびた笑い声がいちじにおこった。銭鬼灯ががらりとふすまを引きあける。

ひとりふたり、あっと声をあげてふり向いた。

その異様に冷たい片目の光に、けおされたようにからだをすさらせたひとりが、

「な、なんだ、貴公？」

「おれか？」

ふんと鼻先で笑ったようなその声に、相手の顔へかっと怒気がひろがる。

「無断でひとの部屋へ踏み込むさえ無礼であろうに、なんだ、その口のききようは……」

銭鬼灯は、もうその男を黙殺してしまったように、片手をふところから抜いて眼帯のゆがみを直しながら、ゆっくり前へ進み出た。

「うぬッ！　われらを嘲弄《ちょうろう》する気かッ！」

「…………」

答えない。片手で、畳のぜんをわきへ押しどけながら、じろっと周囲を見回したその不敵な落ち着きように、

「こやつッ！」

たけりたったひとりが、やにわにどんと胸をついてきた。酔ったまぎれとはいえ、相手の目の鋭さへ、からだの構えもまるで気を配らぬ無鉄砲さで……はたして、瞬間、

「かあーっ！」

肺腑《はいふ》をえぐるような鋭い怒声といっしょに、その男は、銭鬼灯の胸もとからはじかれるようにのけぞって、かがんでいた仲間の背へ、さっと血しぶきをまきかけながら、部

屋の片すみへもんどりうった。

「あっ!!」

愕然として、さすがにさっといっせいに立つ。しかし、立つと見た侍たちのひとりは、同時に胸をおさえて血へどを吐きながら、背を丸くして前へのめった。

「あ、あっ!!」

と、再び叫んだ残りの三人は、刀のつかへは手をかけながら飛びすさって、顔色をかえた。

が、息つく暇もない。その異様な相手の右手に鎌《かま》のようなものが光り、左手から、なにか黒光りする蛇のようなものが宙へとんだと見たときには、三人めの男が抜きかけた刀をそのままぐたっと畳に伏し、残ったふたりは精気を失ったようにへたへたとすわりこんでしまった。

ほんの、束の間のできごとである。

銭鬼灯はその両手にあった奇形の武器をいつの間にか納めおわって、ころがっているお銀のそばへ、やおらかがみこむ。お銀は、この騒ぎを知ってか知らずでか、ここちよげに眠っている。銭鬼灯が肩へ手をかけると、

「う、うるさいねえ。眠いんだったら……もうお酒はたくさんだよ」

その死がいのようにぐったりと重いお銀のからだを、銭鬼灯はなぜかためらいがちに、おそるおそる抱き上げた。ほっと深い息をつく。そのただささえ悪い顔の色が、一段と苦しげにあおざめて見える。しかし、かれはお銀を肩にかついだままあとをも見ずにその部屋を出た。

「なんだ、畜生ッ！　畜生ッ！」

お銀は口の中でぶつぶつつぶやいていた。

「男なんて、男なんて……皆悪党ぞろいだッ！　ああ、おかあさん！」

銭鬼灯の五体が木の葉のようにがたがたと震えた。


このごろ、お銀が仮の住まいにしているむね割り長屋の一軒である。銭鬼灯は、その上がりがまちへ、こわれもののようにお銀のからだをそっと横たえた。酒に酔いしれ、涙に黒ずんだその顔は、まるで子どものようにあどけなく見える。

銭鬼灯は、苦しそうな表情でしばらくその顔をじっと見つめていた。いましがた、眉ひとつ動かさず人を斬ったあのすさまじい顔色と、こうして心の苦悩を隠しもあえずうなだれている弱々しい顔色と、人ひとりの一つ顔とは、だれが驚きなしに見ることができるだろう。

たった一つのあやまち――激情からひとりの女を手込めにしたそのことの悔いが、人間の感情を失った殺人鬼といわれるこの男を、こんなにも責めさいなむことがあるのだろうか。

かれは、心から、すまなかった、許してくれと、お銀へわびたいと思っている。

（偽りでなしに、おれはほんとうにおまえが好きだったのだ）

お銀は眠っている。いや、眠っているふりをしているのかも知れぬ。

銭鬼灯は、ついになにも言わずそこを離れた。

（もう、二度と会うまい。会うことはないであろう）

そのやせた肩先がかがみがちに格子口をくぐろうとした時、突然、

「おい、お待ちッ！」

お銀がむっくり起き上がった。

「言うことがある。言ってやることがあるんだ。おまえさん、なぜあたしのそばをのら犬みたいにうろうろしやがるんだ？」

銭鬼灯は表を向いたまま堅く立っている。

「さも親切らしくこの酔っぱらいを介抱したり、へん！　なんだってのさ。ひきょう者！　頼みもしないに、よしとくれ！　お銀のからだがどうなろうと、おまえのしったことかいッ」

よろよろっと立ち上がって、今にも打ってかかりそうな気配を示す。そこへ、米五郎がきびすを空にしてあわててかけこんできた。

「あ、あねご！」

叫びながら、そこに銭鬼灯の姿を認めると、ぎくっとしたように逃げ腰になったが、

「あねごあねご！　たいへんだ！　赤吉のやろうがどこかへ出かけますぜ。用心棒の浪人者を三、四人ひっぱって、足もとから鳥の立つような旅ごしらえ、いましがた板橋宿のほうへ、駕籠《かご》をとばしていきやがったのを、この目でちゃんと見たんでさあ」

銭鬼灯は、お銀の顔から米五郎の姿へ視線をうつすと、ついになにも言わず、その軒を表へすっとくぐった。その姿を見送って、

「ば、ばかッ！」

お銀はぐたっと畳へつっ伏した。

「ああ、あねご。また悪酔いだね」

のぞきこんだ米五郎の目に、お銀のほおを二筋三筋伝いおちる涙が見えた。

「どうしたってんです？　あのやろうが？」

「うるさいね、三下やろうッ！」

お銀は、米五郎の手を払いのけながら飛びおきた。ばたばたっと駆けよった格子口から、

「お待ちッ！　おまえさん！」

だが、銭鬼灯の影はもう見えなかった。


旅人の少ない季節にもかかわらず、さすが中仙道へつづくこの街道筋、行き来する人馬の影が相当かげろうの中にもまれている。

いましがた、その大通りをつっ切って、飛ぶように北へ北へと急いでいく四手駕籠があった。駕籠わきには、ひと癖もふた癖もありげな浪人者が三人、旅装厳重に油断なく四方へ目を配りながらついていく。その駕籠の主――銅座の赤吉のこの日の得意思うべしである。

大敵仙海は柳沢の土蔵牢へ監禁させてしまったし、かわいさ余って憎さが百倍のお小夜も、なんとなくむしの好かない三四郎ともどもお上の手へ引き渡してしまったのだ。しかも、既に髑髏銭十四枚はこの手中にあり、かつ、その十四枚の銭に秘められたなぞも、どうだ、おのれの眼力の前にはひとたまりもなく氷解してしまったではないか——という絶大な誇り。今、その髑髏銭の指示に従って、千年地に埋もれたままなんぴともよくつかみえなんだ浮田の八宝をこの手に掌握せんとして旅に立った赤吉は、まさに得意の絶頂にあったと言いえよう。

駕籠は巣鴨の街を抜け、まもなく板橋の宿である。その時駕籠わきから付き添いの浪人が、

「赤吉殿、赤吉殿！」と、やや声を低くしてせきこみがちに声をかけた。

「なんですね？」

「だれか、この駕籠をつけてくるやつがあるらしゅうござるぞ」

「なに？　つけてくるやつがあるって？　どんな風体のやろうかね？」

まさか、と思いながら、赤吉はふと仙海ではなかろうかと考えついてひやっとしたのだ。

「浪人者です」

「ああ、お侍さんですか」

と、さも安心したように、

「そんなら心配はいりますまい。なにかまちがいでしょうとも」

「いや、しかし……」

「安心がいかんというなら、休みがてらちょっと、道をわきへそれてみたらどうですね。この駕籠をつけてるのなら、すぐわかるはずだ」

そこで赤吉の駕籠は突然街道を右へ折れて、板橋の岩屋弁天へ通ずる道へなにくわぬ顔ではいっていった。

「赤吉殿！　ご覧なさい。ちゃんとつけてくる」

「うむ？」

「なんだか薄気味のわるい、ひょろひょろにやせた背の高い男です」

「え？　やせて背の高いやつだって？」

赤吉はぎくっとしながら、駕籠のたれをかかげて、そのすきまから、そっとふりかえった。

「わっ、銭鬼灯だッ！」

(これまでは夜以外決して姿を見せたことのない銭鬼灯が、どうしてこの駕籠をかぎつけやがったんだろう?!)

「赤吉殿！　出発の血祭りに、やっつけてしまいましょうか？」

「うむ。ご苦労だがそう願おうか。いつかは、どうあってもやってしまわにゃならんやつだからの。しかし、皆の衆。あいつ、恐ろしいやつじゃで、そのつもりでかかってくだされよ」

「なんの！　どんな乱暴者が来ようと、それ、例のしろものにものを言わせれば……」

「うむうむ。おぬしがたのことだ、ぬかりはあるまい。が、その前に、まず、小手試しにわしが一発くれてみようか」

赤吉は懐中から、短銃を取りだした。

畑と雑木林にはさまれた寂しい道である。なにくわぬ顔でゆれてゆく駕籠のたれがわずかに開いてすきまから黒い銃口がぬっと突き出た。

駕籠の中では、赤吉が息を殺して火なわを握っていた。照星のかなたに、銭鬼灯の黒い影がじっとこちらをにらんで動いている。

（あたるかな？　年はとったが、人殺しでも若いものにひけをとったとあっては寝ざめがわるい。こいつ銭鬼灯め、出て動くな……）

急に声を高くして駕籠の外へ、

「では、いいかな？　一、二、三……」

駕籠がとまる。と同時に、ごうぜん！

近くの雑木林から、烏《からす》が二羽けたたましく空へ舞い立った。黒々と立ちのぼる爆煙のかなたに、がくっと前のめりに大地へ片ひざついた銭鬼灯の姿が見えた。しかし、

（しめた！）

とおもうまもなく、その銭鬼灯は、なんでもなかったようにゆっくりと立ち上がった。立ち上がって、さっきと同じように、こっちを凝視したまま、一歩一歩近よってくるのだ。

渋面作って駕籠から立ち出た赤吉を、うしろへ囲って、三人の侍は無言で相手を迎えるように立ちはだかっている。

二間ばかりの距離に近よると、銭鬼灯はじっくりと足をとめた。この男のかもし出す異様な雰囲気が、きょうはまた胸へぐっとくるような無気味さを加えて迫ってくる。警固の浪人たち、それに赤吉でさえが、ちょっとの間息をのんで、その動きへ目を吸われていた。

「いるな、赤吉……」

と、低いしわがれ声で、ねめつけるように言った。そのすさまじいあおい顔。まるで死人のように黒ずんだあおさだ。

「まさか、逃げおおせうると思ってはいはすまい。きさまをこれまで生かしておいたのは、きさまの手に髑髏銭の渡る日を待っていただけだぞ。その十四枚がそのふところへとびこむ日、その命のないときだとは、かねがね予告しておいたとおりだ。覚悟はついているんだろうな?」

「はっはっは……おっしゃることはそれだけでございますかえ?」

赤吉が歯ぐきをむいて嘲笑した。

「これはこれは銭鬼灯様。わざわざ出発のいけにえにここまで追っておいでくださるとは、ありがたいことでございますて。なにしろもう、てまえどもは十二分の手ぞろい。

これなるお三かたのうち、おひとりは江戸きっての剣客子母沢《しもざわ》様。名まえはご承知でいらっしゃいましょうな？　もうひとりは、南蛮火術高村流の開祖高村様。恐ろしい火術を使うかたでいらっしゃいますぞ。さて、もうおひとりは、渋川流柔術の名手として名まえ高きかた――斬《き》られてごらんなさいまし。さぞかしけっこうなご成仏がなりましょう」

「…………」

「時は元禄五年葉月さなか、場所は板橋宿はずれ、おりしも空は青々と晴れわたり、いやはや申しぶんなき地獄びよりでございますて。心おきなくお斬られなさいまし」

銭鬼灯はなにか言おうとした。しかし、そのくちびるがわずかに震えただけで苦痛をかみ殺すようにぐっとゆがんだと見ると、おもわずよろっと一歩右へよろめいた。

見ると、右の腰からすそへかけてまっかに血潮がにじみ出し、そのうえ足首を伝って草の葉末へ糸のようにしたたっている。先刻の赤吉の一弾が右のまたをまともに貫いていたものらしい。

よろめいた銭鬼灯の姿を見ると、しめた！　という表情が、赤吉一味の顔へさっと伝わった。とたん、その機微をつかんだひとりが、風よりも早く猛然と大地をけっておどり上がったとおもうと、ガッと音がして大気がふるえた。その、汗も凍るきらめきの下を、あわや！　と思わせて向こうへのめった銭鬼灯は、片そでをその剣の先端にさらわれながら、きっとふり向くと、そのままの姿勢を、

「くたばれッ！」

肩の下から、目にもとまらず、やりのように一直線に鉄鎖が飛びだした。

「あっ！」

あらかじめそのことあるは承知はしていながら、じゅうぶんと思った一撃をかわされたすきへ、その分銅の奇襲をうけてたじたじとなる。からくも身をかわして、剣を構え直そうとすれば、去ると見えた分銅は早くもつばめ返しになってきて、二度、三度まではかわしたが、ついにがらっと鉄鎖が刀身にからみついた。

（しまった！）

あぶら汗にあお白んだその顔が、刀ぐるみ恐るべき力でずるずると引かれていく。もう一尺たぐり寄せられればあぶない！　と感じたとき、さすがその男は、間髪をいれず攻勢に転じて、引かれる力をそのまま、

「えいっ！」
と銭鬼灯の胸もとめがけて突きを入れた。ふたりの男は一度がっと組み合って、すぐ左右へとび別れた。振り上げた銭鬼灯の右手の鎌の刃《やいば》から、今吸ったばかりの血が玉をなして流れ落ち、その相手はくの字なりにからだを曲げてかたわらのくさむら深く顔を埋めた。

銭鬼灯自身も、その返り血と今の突きを避けえずうけた傷であろう、左の肩先からふき出す血に、今はこの世の人の姿とも見えぬすさまじさであった。が、息つく暇もない。その時、前とうしろから、残りのふたりが同時に迫っていた。前から来る男は片手正眼に一刀をつけながら片手を無気味にふところへかくしている。うしろから迫るひとりは、四尺に余るかと思われるほどの大業物を大上段に振りかぶっている。

銭鬼灯は、そのまま倒れてしまうのではないかと思われるほど荒い呼吸をくりかえした。その糸のように細く見開いた隻眼は、立ち木の陰へかくれて狡猾《こうかつ》な目を光らせている赤吉のほうへじっと注がれていた。

「やっ！」
うしろから迫る男のかけた気合いか、それともわきへ飛びのきざま発した銭鬼灯の怒声か――この手負いの銭鬼灯に、よくまだこれほどの精気が残っていたと思われるすさまじい身ごなしで、肩の肉をそいで前へ流れた相手の一太刀へ、一度飛びのいたからだをわれからたたきつけるように、

「くらえッ！」

卵のからをたたき割ったような音といっしょに、その男の頭から天空へ向けて黒い血しぶきがさっと立ちのぼった。

「ううう……」

虚空をつかみながら、のしかかるように倒れかかってきたその男の重みで、銭鬼灯もどっと大地へひざをついた。

その時、三人めの男は、五、六歩向こうに、背を丸くして、豹のような目つきで、こっちをにらんでいた。その目の色と、ふところから引き抜かれて怪しく頭上へ振り上げられたその右手の動きとへ、あぶないッ！　と感じた銭鬼灯は、倒れながら、驚くべき手練で分銅を振り上げた。

五、六歩の距離を分銅は思いのほかの長さに伸びて「あっ！」と叫んでのけぞるその男の姿が見えた。その瞬間である。

その男の右手から飛んだ異様の一物が、銭鬼灯の倒れた頭近くさっと地へ沈んだと見るや、ごうぜん！　天も地もとどろに鳴って、石を、どろを、草の根を、引き裂きたたき割って、猛然と火柱が宙へふき上がった。

「ううっ！」

そのもうもうたる黒煙のただなかから、銭鬼灯の肺腑をえぐるようなうめき声が……

同時に、はね起きてよろよろっと煙の外へよろめきだしたその姿！　血まみれの全身へ頭から土砂をかぶり、そでもすそも裂け散って、鎖鎌をむなしく取りおとした両の手で、その顔面をぴったりとおおっているのだ。

「うっ！……うっ……」

今にも倒れそうに、そこらへけつまずきけつまずきよろめき回る。顔をおおった指の間から、血が糸のようにあふれ出てくる。　わずかに病み残った片目を、火薬に吹き焼かれてしまったのだ！　顔から手をはなして、剛毅にあふれる血を押しぬぐいながら前を見ようとする。

（ああ、だめだ！　見えねえ！）

三人の浪人たちはとにもかくにも倒したが、まだ肝心の赤吉に一指をすら触れていない。

（死ねねえ！　このままじゃ死ねねえぞ！）

もうそれは生きた人の姿ではない。怒髪をさかだてた復讐の鬼である。だが、どうなろう！　視力が全く失われてしまったものを！

銭鬼灯は立ち木にからだをよりかけて、そのまま死んでしまうのではないかと思われるようにじっと動かなくなった。ただ、苦痛をこらえるはげしい歯がみと、荒々しい胸の息が聞こえるばかりである。

赤吉は、その時まで、ことによったらすぐにも逃げだせる恰好で、はるかにはなれた雑木林のかげへかくれて狡猾そうに目を光らせていた。相手の弱みにつけこんで、仮借なき攻撃を加える狡猾さと無慈悲さとにおいて、この男のごときはまた珍しい。

三人の侍たちが倒れつくして、今にも逃げだしそうに見えたかれは、銭鬼灯が今、視力を失って盲人と化したと見ると、いつの間にか、ずるずると、足音を忍ばせてにじり寄ってきた。その片手には、抜きはなった道中差しがさか手に握られている。

銭鬼灯の背後四、五尺のところまで近よった。もうひととびで手がとどく。しかし銭鬼灯はそれに気づかぬのか、身動きひとつしようとしない。赤吉は道中差しを握ったまま目を光らせて猛然とつっかかって行った。

　さーっと霧のように舞い上がった血！

　赤吉の一突きは、銭鬼灯の左のわき腹から右の乳のあたりへまともにつきぬけていた。

　はずみに、銭鬼灯のからだが、一度ぐらっと動いたが、おどろくべき気力がぐっと踏みこたえる。いや、むしろ赤吉のその一撃を待っていたのではあるまいか？　既に重傷にあえぎ、全く盲目と化してしまったかれに、ただ一つ残された赤吉へ近づく手段はその一撃へまともに胸板をさらすよりほかはなかったのだから。

　見よ！　その瞬間、苦痛をしのいで両の眉はみるみるつり上がり、さっと伸びた左手がおのれのわき腹に埋っている白刃を伝って、むずっとばかり赤吉の手首をつかんでいた。

「あ、あっ！」

　赤吉の、ぎょうてんしたしわがれ声である。

「こ、こいつッ！　こいつ、畜生ッ！」

　だが、それを言いおわらせもせず、銭鬼灯の両手は相手の腕を肩をすばやく伝ってそののど首へのびていった。子どものように小さい男と、わき腹へ白刃をつき立てたままの盲目の男とは、石のように堅く一つにもつれてどっと地上へころがった。

「うっ、うっ、うっ……」

赤吉の目は白くつり上がり、両手はむなしく虚空をつかんでけいれんしている。

「死ねッ！　死んで地獄へ行けッ！」

銭鬼灯のしわがれ声は、嘲笑と歓喜におどっているようである。

「おやじはこうして死んだ。こうして、きさまの両の手にくびられながら死んだんだ。さあ、死ね。苦しみながら、地獄へおちろ！　死ねッ！」

赤吉の五体をゆすったけいれんが、やがて過ぎ去ると、その首は銭鬼灯の両手の中にぐったりと力をうしなった。銭鬼灯は、この争闘に、余力のありったけを費やしつくしてしまったのであろう。しかし、かれは必死の努力をしぼって、そのわき腹にささったままでいた道中差しを抜きとった。そして、その先端を赤吉の伸びきったのど首へぐさっとつき立てる。

「父上ッ！」

毅然《きぜん》と叫んだその瀕死《ひんし》の姿。

それから、かれの指先は、はうように赤吉のふところをさぐって、小袋へ入れた十四枚の髑髏銭を引き出した。

（あった……やっぱりあった。今こそ、これをおれの手へ握る。浮田の家宝は、ついにもどるところへもどったんだ。もう、二度と娑婆へは出ねえだろう。この銭にのろわれて死んだ人たち。成仏してくれよ……）

しっかと片手にそれを握りしめて……

だが、もう身を動かす力もうせたらしい。ひどい出血と、宿願をはたした安堵とに、その気力はにわかにうすれていこうとしている。しかし、その間に、かれの右手はなおもおのれのたもとをさぐってかすかに動いている。そして異常な努力をもって、二枚の銭を、探りだした。あの、浮田左近次、すなわちかれの父が、やがて生まれ出るわが子の生命を祝福して鋳た浮田の律令銭であった。今こそ、その銭は復讐の呪銭《じゅせん》とこそ化している。かれはその二枚を、震えおののく指先で、息たえた赤吉の両の目の上へのせた。

（ち、父上……）

がっくりと、そのままかれも倒れ伏す。だが、その瀕死《ひんし》の銭鬼灯のくちびるをついて、かすかに、かすかに声がもれてきた。

「お、お銀……」

耳を澄まさねば聞きとれぬほど絶え絶えに低い声である。

「お、お銀……おぎん……」

たとえその凶暴さを憎む人であっても、その訴えるような、心に打ちふるえる声を耳にしたら、だれかその男をあわれまずにいられるだろうか？　それは、今肉体をはなれいこうとする霊魂が、この世へただ一つ思い残した心がかりへけんめいに叫びかけようとする慟哭《どうこく》とも聞こえるのだ。

だが、かれの臨終はもう迫っている。顔面からは全く生色が消えうせて、くちびるのけいれんさえ、今は、はたととまった。

と、その時、街道の方角からこちらを目ざしてあわただしく駆けつけてくる人影があった。お銀と、それを追う米五郎とである。

酒の酔いもさめはてたお銀の顔の色。

「どこにいるの？　あたしだよ。お銀だよ！」

だが、ああ、既におそい！　血まみれの銭鬼灯のからだのそばに、お銀は放心したように足をとめた。

（きっと、こんなことだろうと感じたのさ。だから、あたしは追っかけてきたんだ。おそかったね！）

おそかった？　それならば、お銀は銭鬼灯をとらえて、なにを言いなにを聞こうと追ってきたのか？

「あたしはなんて片いじの女だったろう！　おまえさんが、あたしに言いたがっていることのあるのをよく承知で、いじになってそれを聞くまいとしていたんだ。あたしゃ寂しかった。あたしゃ苦しかった。その寂しさ苦しさを、みんなおまえさんのせいにして、あたりちらしていたんだ。でも、おまえさんも、ほんとうに寂しい人だったんだねえ。今こそ、あたしにゃそれがよくわかる。ええわかるとも……だから、ひと言、おまえさんに、言いたいことを言わせてあげたかった。それが、おそかったよ。おまえさんは死んでしまったんだものね」

そのそばへ、お銀はがっくりひざをついた。

もとより、息は絶えている。くちびるも動きはしない。しかし、お銀の耳は、ふと、（お銀……おぎん……）と、そう訴えるように呼んでいる声をはっきり聞いたここちがした。

お銀の顔色は悲痛に沈んでいる、硬直したあお白いほおを、真珠のように涙のしずくがつーっと伝いおちた。

（でも、よかった。おまえさんはとにもかくにも願いのあだ討ちが遂げられたじゃないか。あの世というものがほんとうにあるならば、いつかふたりして、しんみり話をしましょうよ。ね、待っててくれるだろうね、おまえさん……）

お銀も、少しはなれて顔をそむけていた米五郎も、その足音には気づかなかった。

「なあお銀。この銭鬼灯って男は、世間で言うような根っからの悪人じゃなかったようだなあ」

いつの間にか腕組みしてのっそり立っていたのは仙海であった。旅に立ったと聞いて、すぐ赤吉のあとを追ってここまで来たのだろう。

「人の善悪なんてものは、人間同士にはわかるもんじゃねえ、そうつくづく思うよ。地獄の庁で閻魔《えんま》がけじめをつけてくれるだろう。まあ、念仏の一つも供養してやるんだなあ」

そう言いながら、おのれも銭鬼灯の頭近くかがみこんで静かに手のひらを合わせた。

「とるんじゃねえ。ただちょっと、見せてくれというのさ。な、ちょっと見せてくれ」

生ける人に言い聞かせるようにささやきながら、仙海は銭鬼灯の片手にしっかと握っている髑髏銭の小袋を取ろうとした。しかし、執念のはげしさは、指を小袋の上へ癒着せしめてしまったように、いっかな離そうとはしないのだった。仙海がとうとうあきらめてそれをやめてしまったとき、お銀は同じ銭鬼灯のその片手へ、おのれの指先を軽くふれながら、

「あたしの言うことがわかるなら、どうかこの指をはなしておくれ」

堅く握りしめているこぶしの、小指からそろそろと起こしはじめる。不思議なことに、あれほど堅かった握りこぶしが、お銀のいたわりにやがてすっかり開いてしまう。

「念仏の親方さん。今までは、この人とあんたと、敵であったか味方であったか知らないが、今、この人のために唱えてくれた念仏のお礼心に、これをお貸しするんですよ」

仙海は、なにも言わず、お銀の差し出す血まみれの小袋を手にうけた。さかさに振る

と、てのひらの上にザラザラと十四枚の銭がころげ出る。

しばらく、その一枚一枚を顔へ近よせて、仙海はしげしげと見入っていた。そして、やがて、なんらの感動を示さずに、それを袋へおさめて、銭鬼灯の片手の中へ握りこませた。

「持っていきねえ。もう二度とこの銭が、この世へのろいの影をなげねえようにな……」

それから、ひざがしらのほこりを払いながら、ゆっくりと立ち上がる。

「お銀……」

「なにさ?」

「銭鬼灯も死んだ。赤吉も死んだ。この坊主もそろそろ姿を消す時間が到来しているような気もするんだ。おまえとももう会うことはないだろう。だが、おれはおまえのほんとうの心を知っている。かわいそうな女だと、しみじみ思うことさえあるのさ。命だけは、大切にすることだな」

言いすてて、もうすたすたと向こうむきに去っていく。

お銀は、それから長いこと血のにおいのむせかえるくさむらの中に、ただぼんやりとすわりつくしていた。女すりとして悪名の高い十六夜のお銀――だが、その純情さのためにわれわれはこの女を愛したい。そして、やがて悲しみの中から立ち上がるときのあることを予想したい。

日本の夜

奥庭の陰に、保明はうしろ手のまま立っていた。頭上におおいかぶさる濃い緑の影を満身にあびて、心なしかはげしい気持ちの動きをじっと押し殺しているといった顔の色である。

咲きこぼれている萩《はぎ》の花へ、目は注がれているごとく見えて、その実、心は外へ向かっているらしい。萩の根もとには仙海がうわ目遣いに保明の顔を見ながらかがみこんでいた。

「あっしの勝利でもなし、おまえさんの勝ちでもねえのでさ。赤吉というやろうが、土俵ぎわで自分かってに踏み切りやがったまでですよ」

もうこの事件からすっかり興味を失ってしまったというようなものうげな仙海の声である。

「やろうも死んだ。銭鬼灯も死んだ。それでこの坊主がひっこめばこの世間は少しは静かになるでござんしょう。というほど、この坊主も少々今までの生活にいや気がさしてきましたのさ。だんな。お約束だ、髑髏銭のなぞをお明かし申しましょう。なあんて、偉そうに言ったところで、それは赤吉でさえ解いたなぞでさあね。あの十四枚の髑髏銭を手にとって、じっと見つめていさえすりゃあ、だんなにだってきっとたやすくわかるはずのことなんだ」

仙海は急に早口になって、

「あの銭の裏へ打ってある髑髏の刻印さね。十四枚並べてみると、それぞれ一枚一枚が形と位置の違っていることに気がつきますよ。まっすぐ正面を向いてるのと、さかさに倒れているのと、それに右左両方を向いてるのと、四つの違った形。そして、十二時、十二方位を表す十二支と同じように、時計の針の進む方向と同じに銭の表を十二に区切って、それぞれこの位置へ髑髏の刻印を打つとすると、十二の位置におのおの四つの異なった形で、つまりいろは四十八とおりの文字を表すことができるはずでござんしょう。とわかってみるとたあいねえことさ。正面向きの髑髏が子《ね》の位置にあれば『い』丑《うし》にあれば『ろ』寅《とら》にあれば『は』を表すものとして……この要領で、試みに金銭開基勝宝の髑髏の位置を見れば『を』となり、太平元宝は『せ』となるはずでさ。こうして解いた十四のかな文字を、その銭の鋳られた年代の順に並べてみると、こうなるんですぜ、だんな……」

仙海は、小枝を拾って地面へ十四のかなを次々に書いていく。

をせのぬまやまとうけのしるへ……

「これをどう読もうがそれはかってだが、あの精撰皇朝銭譜を見たものなら、きっとこう読まずにはいないでござんしょう。——尾瀬の沼山峠のしるべ……尾瀬大納言隠遁《いんとん》の地、その没落後浮田家代々のものによって守られてきた秘境、父祖の地を求めて到らんとした浮田左近次が、ついに行きつきえなかったなぞの地、その尾瀬ガ原とやらに行く道を、この髑髏銭がさし示しているんでないと、よもや言い切れる者はござんすまい。だんな。申し上げるなあこれだけです。あっしのお約束はこれですっかり終わったはずだ。その沼山峠とやらにきっと目につくしるべが残っているんでしょう。お捜しなせえ、浮田の八宝を。なあに、その宝物を、あっしが使おうと、おまえさんが使おうと、五十歩百歩さ。赤吉にさえ渡らなきゃあ、だれがどう使おうと、たいした毒けも流すまいと思ってまさあ。じゃあ、だんな、おさらばです」

萩の花を散らして仙海がのっそりと立った。

その時、保明の影がはじめて動いた。

「待て……」とやや鋭く。

「お呼びかね？」

ぬっと仙海は振り向いた。こうしたときのつらつきには無気味なくらいすごみがある。その顔を、にわかにはげしく光を帯びた保明の目がきっとみすえて、

「存じておるか？」

「なにを？」

「三四郎と申す若者、それにお小夜。あの両名が神田橋ご門にて捕らえられ……」

「えっ？」

「既に、上様のお声がかりにてご処分の沙汰ありしとやら」

「え、えっ？　おい！　へたなしゃれじゃあねえだろうなッ？」

「知らなんだのか、そのほうも？」

保明はそれまでこらえにこらえていた吐息をいちじにふっと洩《も》らして、

「今しがたわしもそれを耳にしたばかりじゃ」

「そ、それでおふたりはどうなったんです？」

「知らぬ。知るはずもない。大奥より、ひそかに急使をもってそれと知らせてくれた者があったまでじゃ。が……」

いまさらどうなるであろう！　既に上さまのお声がかりにてご処分とあっては……

「おい、だんな。殿さま。もしそれがほんとうとしたら、おまえさん、どうするんだ？　黙って指をくわえて、ひっこんでいなさるってのか？　かわいそうなお小夜さん、同じ血を分けた姉妹でありながら、一方はわがままほうだいのお嬢さま育ち……もともと、その檜様のわがままのために、とんだいけにえにされたあの女を、よもやおまえさんが黙って見過ごすとは、おれには思えねえ。まして……ましてだよ、大将。あの神奈三四郎って人は、おまえさんのかつての主筋にあたる人じゃねえか。ご先祖の柳沢弥左衛門とおっしゃるかたは、三四郎さんの祖父御大納言忠長って人に仕えていたんだとおれは聞いている。いいや、くどいことを言うんじゃねえ。いってえ、おまえさんが、あのおふたりをどうしようとしなさるかって聞くんでござんすよ」

むっと口をつぐんで黙っている保明の、肩のあたりに萩の花が動いている。

（そのとおりだ……）

保明の心のすべては、あのふたりの上へ傾いている。お小夜はかつてのおのれが初恋の女の忘れ形見、檜と血肉を分けた姉妹であり、聞けば聞くほどふびんな半生を送ってきた娘である。だれが、そのしあわせを願わぬ者があろう。また、三四郎も、おのれになんの恨みとてない。そのなすところ、血気にはやりすぎると思われる筋はあるとも、なにか胸を打つ真実、誠実さにあふれた好青年であり、仙海に言われるまでもなく、おのれにとってはかつての主筋にあたる。できるなら、ふたりともしあわせにしてやりたい。

だが、いまさらどうなるであろう――思案に沈んで、つい、保明の額は重く曇ってきた。

「そうか？　おまえさんは黙っている。しかし、その心の中は読めそうだ。おまえさんは、ともかく、あのおふたりよりは柳沢の家がだいじと思っていなさるのだろう？　ようし！　それだけわかりゃあけっこうなのさ。おれは頼まねえ。断じて頼みやあしねえぞ。既に相手が公方《くぼう》さまの手中にあるなら、おもしろかろう、もとより勝つか負けるかあてもねえが、あたって砕けろだ！　そのかわり、この坊主の首がふっ飛ぶか、公方さまの横っ腹へ穴があくか、おいらの知ったことじゃねえ。さあ、この坊主、腕へよりをかけて血みどろの大勝負だぞ！」

仙海が満面に朱をそそいで立ちながら、地をけってそこを去ろうとしたとき、

「待ちや……」

緑の影が動いて、卒然とそこへひとりの女の姿が歩みよった。檜である。

「仙海とやら、待ちや、父上さまも、しばらく」

ふたりの男性は、ややぎくっとしたかたちでその檜の顔へ目をやった。（聞いておったな？）

という当惑の色が、一瞬、保明の顔いっぱいに広がった。だが、あまりにも静かな檜の姿。

「思わずも立ち聞きいたしましたる無作法、幾重にもおわび申し上げまする」

と、うやうやしく父へ向かって首をさげる、そのうなじに、梢《こずえ》の緑が照りかえって、すらりと伸びた立ち姿――そのまま錦絵《にしきえ》から抜け出したようにあざやかに見える。

「檜か……」

「は……無作法おとがめなく、父上さま。なにとぞわらわのお願いお聞きとどけくださいませ。仙海、そなたも、それにあってわらわの申すこと、よう聞きや」

「願い？」

と、保明はちょっと不安な顔をする。

「上さまのおそば近くご奉公に上がるの儀、この檜めにおさし許しくださりませ」

「なにッ？」

保明も、仙海も、同時に目をみはって檜の口もとを見直した。

「なにを申す？　檜、そちゃ……」

「いえ、父上さま！　なにも仰せくださりますな。父上さまのおいつくしみに甘え、わがままのかぎりをつくしてまいりました檜めの、これがこの世での最後のわがままにござりまする。なにとぞ、おかなえくださりまするよう、ひとえに……」

静かだが、その一語一語に、なんとはげしい熱情のあふれていること！

「もともと、上さまのご所望ありましたはこの檜めにござりました。それを、おのれの好まぬ理由から、小夜をいけにえに差し出そうといたしましたは、全くわらわの得手勝手なわがままなしごくなふるまいにござりました。かわいそうな小夜！」

　そう言ったとき、それまでみじんもゆるぎを見せなかった檜の表情にぐらっとはげしい動揺がきて、涙のしずくが、つーっと銀色に光りながらほおを伝わった。

「かわいそうな、妹！　わらわは知らぬがままに、血肉を分けた妹を、ある時は憎み、ある時はさいなんですらまいりました。その小夜が、わらわのわがままがもとにて、今、捕らわれの身にありまするとやら……父上さま、お願いには、この檜の上さまおそば近く上がるを一つの理由として、なにとぞ、小夜の身の許し放たれまするよう、ご助命のほど……それに……それに……」

　と、ちょっとためらったことばが、次の瞬間には、激情にのって、ほとばしるようにくちびるをついて出た。

「……それに、父上さま。檜、命にかえての……たってのお願い……日ごろのご慈愛、深いお情けにすがってのお願いにござりまする。あの三四郎殿の……ご助命の儀、なにとぞ……もはや父上さまのお力にすがる以外は、たとえそれなる仙海の力をもってするとも、だれがよくお救い申すこと、なりましょう！　父上さま！」

　男まさりと言われたその剛毅《ごうき》さ――かつてはそのために女らしさを失って苦々しくも

思われたその勝ち気さが、今こそ檜の姿にさんぜんたる美しさを添える。

　烈々たる気魄《きはく》のはげしさにこの日ごろの檜の勝ち気さが感じられるが、父である保明にとって、今涙とともに訴えるその檜の姿は、なんと女らしく――あまりにも女らしく、心やさしげに美しく映ったことであろう……

「父上さま。わらわは驚きのあまりうろたえたのではござりませぬ。前々より、万一の場合は……その時は、柳沢家の危急を救い、小夜と三四郎殿の助命を願おうにはほかに道なきことを、つらつらと覚悟いたしおりました。覚悟……いえ、……覚悟とはあまりにおのれを高ぶりました悲壮なことばにござりまする。まこと、わらわは覚悟などと申す悲壮な気持ちにあらず、ただただ、そういたすことにこよなき喜びと満足とを覚えるのでござりまする。わらわに近いなつかしい人々を少しにてもよりしあわせの世界に導きながら、おのれ自身をも法悦の中に沈めうる明るい進路を見いだしたここちがいたすのでござりまする。父上さま。お情けには、この檜の最後のわがままをおかなえくださいませ！」

　その檜を凝視していた保明の目から、いっとき暗く立ちこめていた動揺の色がしだいに消え去って行って、やがて檜の桜色に紅潮したほおの色をてりかえしたように明るく澄んできた。

「檜様へ……たったひと言、この坊主から申し上げます。あなたさまという人を、つい今しがたまで、お見損じ申し上げておりました。お許しなせえまし」

ぬっと立ったまま、仙海は檜の横顔へじっと視線をやりながら、低い声でそう言った。

そのまま、三人とも黙ってしまう。風が、緑の陰を渡っていく。保明は突然その目を仙海のまっこうへなげつけて、

「仙十郎」

それは、四百余大名をすら叱咤《しった》する御用人柳沢保明その人の威圧するような重々しい声音であった。

「神奈三四郎、ならびに小夜の両名。重き罪を犯したる咎《とが》人たることを存じおろう？もし、万が一、かれらをそのほうに預くるといたさばどういたすか？」

「この坊主、命にかけて、必ず再び皆さまのお目に触れぬ世界へおふたりをお連れ申します」

と、仙海の声が言下に応じた。

「われらの目にふれぬ世界じゃと？」

「水の上……えんえんと続く万里の波濤《はとう》。そこには、人間のすむ新しい広い世界がござんす」

「檜……」

と、保明はそのほおへ意味深い決意の色をうかべながら、娘のほうをかえり見た。

「そなたには、あの納戸《なんど》地《じ》の小紋地がよう似合うたのう。登城の晴れ着はあれにせい」

いつくしみのあふれた声で言う。

「は。わらわもさよう心得まする」

そう言いながら、檜はふと、三四郎とはじめて会ったときも、あの衣裳を着ていたことをなつかしく思い出した。

「すぐ、登城する」

保明は突然言って歩き出した。

檜はその前へ小走りに立ちながら、

「だれかある。父上さまご登城じゃ」

千代田城の奥庭をただひとり歩いている綱吉の姿を見かけると、保明はつかつかと近寄っていった。刀小姓がひとり、やや離れた後方についているだけでほかにはだれもいない。

「上さま！」

保明はそのそでへ手をふれるばかりに身をよせて声をかけた。それほどの、無遠慮な親しさを許されている保明である。しかし、日ごろは、どんな不機嫌なときでも保明の声を聞くと笑顔を見せるのに、きょうの将軍は返事もせねば見返りもしなかった。むっつりと不機嫌な顔である。保明はかまわずに、

「上さま。心ならずも長々延引いたしておりましたる檜めの儀、ようやく病気本復いたしましたるにつき、今夕そうそうおそば近くお召し出しのほど願わしゅう……」

綱吉はちょっと足をとめたが、いっそう苦々しげな表情になって、

「檜が、いかがいたしたと？」

「わがまま者め、しおらしゅう、お召し出しの儀をあい待ちおりまする。なにとぞ、お手もと近う……」

「ふむ？」

と言ったきり、綱吉は池の端に立って黙々と水の影へ視線をおとしている。

「親心に、ただ、ふびんなやつと存ぜられ……」

「それはまことか？　まことに、檜はそれを望みおるのか？」

「は、仰せのごとく……」

綱吉はぐるっとふり向いて、

「檜め、そちは不埒なやつじゃな」

しかし、もうその声はおこっていなかった。

「あの大逆三四郎めをかくもうて……」

「重々、おわびのことばもござりませぬ。なにとぞ、上さまのお手にて、じきじきご成敗のほど……」

「ふむ。かってに檜を成敗せいと申すのか？」

綱吉の顔に微笑がうかんだ。保明はすかさず、

「それにつきまして、その三四郎、ならびに小夜の両名……」

「許せ、というのであろう？　だが許さん。許すわけにはまいらんぞ。考えてもみい。かれらは余にたてついたのみでなく、既に役人ども幾人かを手にかけておるではない

か？」

「いや。許せ、とではございませぬ。憎きかれらの成敗を、なにとぞこの保明におまかせくださいまするようとの、お願いにございまする」

「うむ……」

綱吉はじいっと保明の目の中をのぞきこむようにした。そして、

「そうか、まかせいと申すのか？　うむ、それなら、よかろう」

「されば、おまかせくださりまするか」

「うむうむ。成敗の儀、しかと申しつける。かれらは安芸《あき》のもとに預けてあるぞ。だが、くれぐれも、かれらの大逆犯人たることを忘るな。重きに過ぐるとも軽きに過ぎる成敗はあいならんぞ。よかろうな？」

「しかと、承知つかまつりました」

そう言いながら腰をかがめて立ち去りかけた保明の背へ、ひとりごとのような綱吉の声が聞こえてきた。

「情けにおいて、かれらは殺しとうないのう。三四郎は、天下治平の犠牲となられた悲運のおじぎみ忠長卿の孫であり、常ならば、禄《ろく》を与えて重くも用うべき男じゃに。殺し

とうない。しかし、かれは大罪人じゃ。法をまげるわけにはいかん。断じて、それはならん。だが、いや、殺しとうない男じゃ。助ける道があらばのう」

日が落ちる。夜が来る。

柳沢の邸内はひとしきりのざわめきがしずまると急にわびしい静寂の底に沈んでしまった。こしもとのお浜のごときは、人に見られぬようひそかに、幾度か目がしらの涙をぬぐっていた。檜の心中を察しては、涙なしにいられなかったのであろう。その沈んだ空気の中に、ただひとり檜ばかりは、むしろ顔色もいきいきと、明るさがあふれて、心から楽しい道を歩もうとしている人のごとくに見えるのだった。

きらびやかな、晴れ姿……

あげたばかりの髪の油のにおいの高さ。

「父上さま。お別れ申し上げまする。いついつまでもご機嫌うるわしゅう」

と、父保明の前へ檜は手をつかえた。大奥へあがれば、親子であって既に親子のわがままは通せぬおきてである。

「おう。あでやかにのう……」

保明がにっこりと会釈する。

「檜。それで何か申し伝うべきことはないか？」

三四郎、お小夜のふたりに……という意味がその言外にあふれている。

「は……」

檜はいまさらのように父の慈愛にうたれたように目を伏せて、

「末長う、しあわせに……と。ただそれだけ……」

「よい。伝えよう。そなたも、からだはだいじにせい。大奥のつとめはなにかと気苦労も多かろうが、そなたなればよう勤まるであろう。わしも、おりおりは会いに参ろう。ただ……」

ただ、柳沢めはとうとうおのれの娘まで将軍の側妾《そばめ》にさしあげた。ああまでして出世が望みたいものか。あれ見い！　あれがその檜という娘だとよ——いずれはそういう悪評も浴びねばなるまい。つらかろうが、そなたもその悪罵《あくば》に耐えてくれよ……

保明はそう言おうとしたくちびるを、ぐっとかみしめてついに何も言わずにしまった。

「では、父上さま……」

なつかしそうに顔を見合わせて、親子は立ち上がる。表玄関に待っている人数。檜は駕籠へからだを移す。粛然たるうちに、駕籠はあがって、行列は声もなく門を立ちいでてゆく。

その供ぞろいの最後のちょうちんが消え去るまで、一語も発せず式台の上に立っていた保明は、やがて静かにかたわらをふりかえった。

「すぐ、駕籠……」

「は？　いずれへ？」

「大目付前田安芸の屋敷まで。供はいらん」

その安芸守の屋敷には、三四郎お小夜のふたりが幽閉されているはずであった。

それからまもなくして——

大目付前田安芸守の屋敷を忍びやかに立ちいでた三挺《さんちょう》の駕籠があった。駕籠わきの侍三、四人。ちょうちんもともしてはいない。闇をくぐるように、ひた走りに走って、ものさみしい浜松町の川岸へ出る。鼻先に月あかりの品川湾がひらけて、佃島《つくだじま》が黒々と浮かんでいる。突然、

「お迎えに参りました」

と、駕籠先をさえぎった声がある。

うやうやしく小腰をかがめた坊主頭——こうした月あかりの下で見るかれは、念仏の仙十郎という名こそふさわしい。

三挺の駕籠はぴたっととまった。侍たちは、後方の二挺の駕籠わきへよって、その引き扉を静かにあけた。

「おふたかた、出られい」

三四郎とそしてお小夜とがあいついで立ちいでる。ふたりの肩は、苦難にしいたげられて、かえってそのつど洗いきよめられた若々しい美しさを増したようにさえ思われる。

ふたりは肩をつらねて先頭の駕籠近く手をつかえた。

「情けあるお取り計らい、ありがたくお受けいたし、われらこれにておいとまつかまつります」

三四郎の声に、引き扉が内からあいて、保明の半身が月光の中へのぞき出た。

「おう。お別れじゃな。なにも申さず、行かれい。御身らの上には、新しいしあわせと、長い未来とがあるはずじゃ」

「は……」

三四郎は、そのしみじみとした保明の声にいまさらのごとくその人の顔を仰ぎ見た。

「正しい主義も、時を得ずば思わぬ逆の結果を招くこともある。御身の場合がそれじゃ。正しいと思って行った御身の行為のために、御身の同志が、御身の主義までが強権のもとに倒されようとさえしたではないか。あせってことを水泡に帰せしめるは策の最も下《げ》なるものと言わねばなるまい。その主義を実行にうつす前には、天下一般の気運をまず育てはぐくむ必要があるのじゃ」

三四郎は、おのれのやったことを少しでもまちがっていたとは今でも感じない。正しい！　と信じて疑わないのだ。しかし、保明の言うところも一理あるとは感ずるほどのゆとりが気持ちの上へ生じていた。

「御身のやったことが正しいか正しくないか、それは歴史が証明するであろう。それと同じく、少しの主義主張も、また後世の評者が正しく評価いたしてくれるであろう。ははは……長談義になって、仙海めがあくびをいたしておるわ」

保明はちょっと口をきって、三四郎とお小夜の姿を見比べるようにしながら、

「檜から……ふたりに、くれぐれもしあわせに……となʼ、伝言があった。伝えておく」

「ああ、檜様!」お小夜は思わず顔をあげて、

「小夜をお憎しみもなく、もったいのうございまする。あなたさまを、血肉を分けた姉上さまと承知いたして、小夜はもう、おなつかしさと申しわけなさに、胸がいっぱいなのでございまする」

その、感きわまったような声を、保明は優しい視線でいたわるように制して、

「案ずることはない。まちがいがあったとすれば、それはすべてこの保明の罪じゃ。姉妹と知れて、檜がどれほどそなたをかわいいものに思ったか、そのまごころだけを受けとってもらえれば、あれはそれで満足するであろう。檜には檜として進む道もある。しあわせもある。そなたも多幸な未来をもつようにな……」

「は、はい……檜様へも、わたくしから、くれぐれもよろしゅうと、お伝えくださりまするよう……」

「うむうむ、承知いたした」

ほう、ほう、ほう……

と沖から人声が風にのって伝わってくる、いつの間に姿を現したか、巨大な五百石積みの問屋船が一隻――それは、ふたりを乗せて去るはずの筑紫屋卯蔵の持ち船であった。

「では……」と、三四郎が立ち上がる。

「お別れ申し上げまする」

お小夜も残り惜しげに腰を上げた。

「いい月夜だな」と、仙海が空を指さした。

「すばらしい日本の夜だ。この空は、あっしらがこれから行こうとしている遠い国の空へまで続いているんですぜ」

この男ひとりはいきいきと、はずみきっていた。

「では……」

三四郎とお小夜とは、保明に向かってもう一度小腰をかがめた。保明はじっとその影を見送っている。

仙海に伴われてふたりは軽舟にうつった。

ほう、ほう、ほう……

沖の船ではまた呼んでいる。

と、足音を忍ばせて、しかしあわただしく保明の駕籠近くはせよってきた人影があった。

「殿!」せき込んだその侍の声に、

「む?」と保明は眉をよせながらふり向いた。

「と、殿ッ! ただいま、大奥より……」

「なにッ?」

「檜様ご自害あられましたとご急使がッ……」

「うっ!」

駕籠の中で、保明の肩ががくっと揺れた。

「檜が?! うむ、檜が?」

「は……」

その侍は、大地へ身を伏せたまま顔もあげえない。

（死んだか……）

保明のくちびるはなにか叫ぼうとして激しくおののいたが、ついにひと言も発せず

（やっぱり！　檜……かわいそうなやつ！）

あまりにめめしくもろかった、としかりはせぬ。そうあるよりしかたのなかった檜なのだ。それがあの娘に最上のしあわせの道だったのだ。


保明の目は、沖の巨船さして漕ぎ去っていく軽舟の上へ凝然とそそがれている。石のように黙したその胸の中は、いまや、火のように燃え上がる一連の叫びにいっぱいになっていた。

（わしは文をしく！　あまねく文化をはんらんさせるのだ！　そもそも、この国に、これまでにいかなる固有の文化があったというのか！　武のとうとさ、それは、思うところの正義を断行し、持つところの国土を護《まも》り、天下を太平の安きにおくの実力にある。だが、その武を養いはぐくみ、成長せしめ、庶民の生活を富ましめ、正義を断ずる目を賦与せしめるものは武ではない、それこそ、文の力なのだ！　文と武とは並び栄えてこ

そ意義があるのに、これまで、武をのみとうとんで文を忘れたこの国の施政者は、そのあやまちをなんぴとに転嫁しようというのか。いや、わしは断じて文をしく。高きより低きに至るあまねき文化を国のすみずみまではんらんさせる！　その時こそ庶民は新しい目を開き、正しく物を断じ、それによって新しい国土の発展を見るであろう。そのためには、もとより、徳川のお家を犠牲にするとも、わしは悔いはせぬ。三四郎！　御身の唱うる尊王がまことに正義とすれば、わしの施政はやがてそれに実を結ばせるであろうよ）

三四郎、お小夜、仙海は日本を去り、檜、銭鬼灯、赤吉は死に、お銀またいずくへか姿を消して、この物語もおのずから終わる。

だが、あらゆる人々のまごころによって守り立てられ結ばれた三四郎とお小夜の縁こそ、必ず幸《さち》多きものと信じて疑いない。

万難をのりきって彼岸に達したお小夜の純情もさることながら、お銀の心打たれる熱い情け――まして、檜のゆうようとして歓喜のうちに純潔を守って死んでいった心情――それらのかぎりなくあわれな美しさこそ、日本の女性のいくつかの断面をうかがうここちがする。

髑髏銭にまつわる浮田の八宝――その後日談を語るとすれば、なお紙数を重ねねばならぬが、今ここにその大略を述べるならば――

髑髏銭の語る『尾瀬の沼山峠のしるべ』というなぞの文言につき、保明の家臣たちはただちに取り調べを開始し、ついにその秘密の一端をつかむにいたった。

すなわち、関八州北に果つるところ、重畳たる山並みを横切って通う沼田街道の、燧岳《ひうちだけ》と檜高山にさしはさまれる地点、古老の沼山峠と呼ぶあたりをくまなく探った結果、一個の自然石にきざんだ石の道標を発見した。それこそ、いわゆる沼山峠のしるべであって、その表面の雨露に磨耗している文句を判読すると、さらに『西へ五百歩』とあり、そこに第二の道標を発見し、これを次々に繰りかえして、ついに尾瀬沼を周回し、百花いちじに咲き乱れた仙境尾瀬ガ原とおぼしき湿原地に到着したのであった。

燧岳寄りの断崖《だんがい》にうがたれた大洞窟《どうくつ》中に導き入れられた人たちは、その岩壁に縷々として刻まれた古い石文字を発見した。惜しむらくは、岩壁の崩壊のため、その大部分はくずれ散って、読み得たのはわずかに数行にすぎなかったが、それが実に浮田の八宝の所在をしるしたものであり、その岩窟《がんくつ》こそ、千年この地にその宝を守って住んだ浮田家の城塞《じょうさい》の一部であることがわかったのだ。

かれらは、その石文字の教えるところにしたがって、さらに尾瀬ガ原を北へ渡り、恐怖の渓谷只見川《ただみがわ》の原流を下って、ついに、浮田の八宝中無尽蔵の大銀山と称する一宝をつかむにいたった。

かれらを驚かしたのは、その地に幾個かの白骨が倒れてあったことであった。その白骨こそ、今を去る明暦四年正月、浮田左近次を襲って髑髏銭をかすめとった赤吉の一味のうち、同志を出し抜いて早くもこの地へまぎれこんだ数名の者が、おそらくは左近次の怨念《おんねん》のため変死したものであろうと考えられた。

元禄六年、河村瑞軒《かわむらずいけん》は保明の命をうけてこの地をひらき、大銀山を経営して、のちには数十軒の遊女屋まで軒をつらねるの繁栄を見たという。が、今日ではまたもとの大自然の静寂にかえっている。

この地は今日の銀山平。上越線によれば枝折峠を越えてこの地まで、一日二日のよいハイキング・コースでもある。もしこの地に遊ぶことがあったら、よく注意して見られるとよい。小道を一面におおっている鉱屑《こうせつ》の残っていることを。千軒原、買石原、傾城沢などという地名もそのころのなごりである。

浮田の八宝中残りの七宝がどうなったか。岩壁の崩壊によってその埋没個所を知る由もなく今日に及んでいると聞くのみである。

本作品中に差別的ともとられかねない表現が見られますが、著者がすでに故人であることと作品の文学性・芸術性に鑑み、原文のままとしました。

（春陽堂書店編集部）

『髑髏銭』覚え書き

初　出　「読売新聞」昭和12年11月15日〜13年7月11日

初刊本　春陽堂書店　昭和13年8月

再刊本　髑髏銭 外一篇　春陽堂書店　昭和16年11月　※「白魔」を併録
文化書院　昭和21年12月　※前・後
世間書房　昭和22年8月　※前・後
世間書房　昭和23年10月
向日書館　昭和25年2月
髑髏銭 黒潮鬼　大日本雄弁会講談社〈長篇小説名作全集12〉　昭和25年4月　※『黒潮鬼』を併録
同光社磯部書房〈角田喜久雄代表作選集1〉　昭和27年6月
春陽堂書店〈春陽文庫〉　昭和27年9月、10月　※前・後
同光社　昭和30年1月
妖棋伝・髑髏銭　河出書房〈新編大衆文学名作全集11〉　昭和31年5月　※『妖棋伝』を併録
東京文芸社〈角田喜久雄長篇自撰集6〉　昭和33年9月
どくろ銭　東京文芸社　昭和39年9月

東京文芸社〈角田喜久雄長篇自撰集6〉　昭和33年9月
東都書房〈名作全集10〉　昭和40年10月
どくろ銭　春陽堂書店〈春陽文庫〉　昭和42年5月
どくろ銭　東京文芸社〈トーキョーブックス〉　昭和44年9月
講談社〈角田喜久雄全集2〉　昭和45年8月　※『妖美館』を併録
角川書店〈角川文庫〉　昭和47年5月
東京文芸社〈トーキョーブックス〉　昭和47年6月
筑摩書房〈昭和国民文学全集7　角田喜久雄・国枝史郎集〉
　　昭和49年6月　※国枝史郎『神州纐纈城』との合本
筑摩書房〈増補新版　昭和国民文学全集10　角田喜久雄・国枝史郎集〉
　　昭和53年3月　※国枝史郎『神州纐纈城』との合本
どくろ銭　東京文芸社　昭和59年10月
富士見書房〈時代小説文庫〉　昭和60年9月　※上・下
どくろ銭　東京文芸社　昭和61年3月
講談社〈講談社文庫コレクション大衆文学館〉　平成9年10月
春陽堂書店〈春陽文庫〉　平成11年5月

（編集協力・日下三蔵）

春陽文庫

髑髏銭《どくろせん》　下巻《げかん》

2023年8月25日　初版第1刷　発行

著　者　角田喜久雄

発行者　伊藤良則

発行所　株式会社春陽堂書店
〒一〇四―〇〇六一
東京都中央区銀座三―一〇―九
KEC銀座ビル
電話〇三（六二六四）〇八五五（代）

印刷・製本　株式会社　加藤文明社

ISBN978-4-394-90456-4　C0193